一 个　　大 陆 人
　　　　　　　　　的　　　　十 年　　行　　　　　旅

ENJOY
TAIWAN

陈斌华——

著

自在 台湾

北京联合出版公司
Beijing United Publishing Co.,Ltd.

图书在版编目（CIP）数据

自在台湾：一个大陆人的十年行旅/陈斌华著. —
北京：北京联合出版公司，2017.4
ISBN 978-7-5502-9796-8

Ⅰ.①自… Ⅱ.①陈… Ⅲ.①游记—作品集—中国—
当代 Ⅳ.①I267.4

中国版本图书馆CIP数据核字（2017）第023916号

自在台湾：一个大陆人的十年行旅

作　　者：陈斌华
策　　划：北京地理全景知识产权管理有限责任公司
策划编辑：李志华　常一武　董佳佳
责任编辑：夏应鹏　樊广灏
营销编辑：张林林
装帧设计：何　睦
图片编辑：贾亦真
供　　图：陈斌华　胡声安　陈越　陈键兴　吴景腾　台湾清
　　　　　境农场　台湾礁溪和风饭店　可小巫　颗粒　Getty
　　　　　Images　东方IC　全景网
插　　画：Odding

北京联合出版公司出版
（北京市西城区德外大街83号楼9层　100088）
北京中科印刷有限公司印刷
字数230千字　　710毫米×1000毫米　1/16　17.5印张
2017年4月第1版　2017年4月第1次印刷
印数1－15000册
ISBN 978-7-5502-9796-8
定价：49.80元

自 序

人的一生究竟有几个十年？不管有几个，我都会珍惜2001至2011这"十年"。因为赴台驻点采访，我与祖国的宝岛台湾结下不解之缘，借助工作的便利，十年来足迹遍及台澎金马各地，游览了几乎所有风景名胜，与各界人士多有交游、常来常往，还阅览了大量涉台政治、经济、社会、风土等方面的书籍和影音资料，力求不仅"驻"在台湾，更要认识台湾、读懂台湾。

相比大陆的很多省份，台湾确实是个"小地方"，但这个小地方却有不容小觑的大历史、大故事、大美丽。写一本描绘台湾各地美丽风光，细述历史渊源风物掌故，并铺陈开去，让读者能借由轻松的旅途，了解这块土地上人们的故事、生活与情感的书，是我的多年夙愿。

在确定与《中国国家地理》图书部合作、构思书稿之始，我就想好了这个书名。"自在台湾"有三层意思：一是我"自己"在台湾，这是一个大陆人在台湾十年的所见所闻所思，不代表官方，非职务行为，只是一家之言；二是读者可以借助此书"自助"游台湾，在个人游开放之后为大陆居民赴台"自由行"提供一本参考书；三是冀望两岸同胞之间的往来沟通能够"自由自在"，再无窒碍。

写书是痛苦的煎熬过程。虽然自以为熟悉情况，也有诸多积累，但我信奉"板凳要坐十年冷，文章不写一字空"，加上向来不敢以私害公，因此只能利用一切业余时间争分夺秒地写作，有时为厘清一个细节反复查阅资料、多方求证，甚至利用驻点的机会实地踏访，历时四个月才拿出初稿，而后又几度修改润色、选配图片。一路走来，可谓辛苦备尝，自认虽不是最好的写作，却称得上是最具诚意的写作。

全书分为环岛看台湾、历史的印记、"横行"台湾岛、离岛走透透、市井与人生等五章。虽然也涉及台北、阿里山、日月潭、台南、垦丁、花莲等陆客耳熟能详的城市、景点，但都力求有一手的观察和人文角度出发的体验；而对于少帅张学良幽禁之地、鹿港小镇、邓丽君墓园等小众景点，我不仅有深入的探访，更在史实上小心求证；对于大陆同胞甚至连台湾同胞都难得前往的台湾主要离岛和三条横贯公路，我多次冒险前往，希望能向读者展示真正蕴含天地大美的海岛风光，走进藏于高山深处的秘密花园。而"市井与人生"一章，则寄寓着我的一份期盼，希望读者到台湾不仅看到台湾之景，也能好好了解这个华人社会，了解同为中国人的另一个群体的生活与思想。

从事涉台新闻报道与台湾问题研究近20年，我越来越认识到，两岸之间最远的距离，不是台湾海峡的天堑之隔，而是两岸同胞心与心的距离。只有越来越多的人去搭两岸"心灵之桥"，两岸同胞才能相向而行，逐渐心灵相通，而如果能够心灵相通，两岸间的问题就会一通百通。因此，我愿这本小书能成为架起两岸心灵之桥的一块小小基石。

本书终于在2012年春天即将付梓。此刻，我心中充盈着感恩。真心感谢各位帮助过我的好友、同事。因时间匆促，对一些景点、掌故的了解、记忆可能存在错漏，因此本书谬误之处想必不少，敬请指正。

陈键兴

2011年7月11日初稿于香港皇后大道东
2011年7月27日二稿于内蒙古格根塔拉草原
2012年3月23日定稿于新华社新闻大厦

和平島的豆腐岩日出

目录

自序   IV

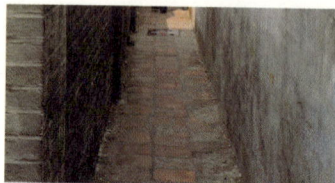

阴阳海

"台北有她的美丽，那就是强悍的生命力与压迫感。"

"在那儿心思不清明，整天忙来忙去，而内心一样空虚如死。"

这是三毛眼中的台北。在我看来，不只台北，台湾也有它的多个面向，"横看成岭侧成峰，远近高低各不同"，斑驳陆离，耐人寻味。

环行台湾本岛一周，不要走马观花、浮光掠影，而要放慢脚步，沉下心来，在从北往南、由西及东的旅行中，去探寻一个更接近全貌的台湾，那才是属于您自己的"宝岛"。

环 岛 看 台 湾

浸在乡愁里的
老台北

　　台北之旅应该从凯达格兰大道开始，不是因为这里是台湾当局的权力中枢所在，而是这座城市与"凯达格兰"之间的渊源。

　　四五百年前，现在的台北市区还只是一片沼泽，泛称"大加蚋"，意为"平坦浸水的土地"，在此居住的凯达格兰人（属平埔族）过着原始的渔猎生活。1710年秋天，福建泉州人陈宪伯、赖永和、陈天章三人以"陈赖章"为垦号，请得开垦"大加蚋堡"（今台北盆地）的垦照，台北的开垦史从此正式开始。

　　清雍正年间，台北一带移民渐多，因其西、北部濒临淡水河，南依新店溪，船舶沿着淡水河，可以直接进出台湾海峡，从大陆沿海经台湾海峡至台湾的大型帆船可直抵这里，水运条件优越，所以成为台湾北部的物产集散中心，商贾云集。至咸丰三年（1853年），这块被先民称为"艋舺"（平埔族语，意为小船）的地方人口大增，舟车辐辏，市况繁荣，成为与台南府城（即当时的台湾府所在地台南）、彰化鹿港鼎足而立的北部都会，流传有"一府二鹿三艋舺"之说。

　　艋舺就是今天的台北市万华区，这里街道狭窄，楼房低矮陈旧，住的大多是老市民。艋舺与大稻埕是最具老台北意象的地点，因此也成为许多影片的取景地。2010年台湾最卖座的影片《艋舺》就大量取景于万华的剥皮寮。要想了解台北的过往和最市井的生活，一定要到万华区和大同区。香火鼎盛的龙山寺、青山宫、清水

位于老台北的襄阳路尽管街道狭窄，市面却很热闹繁华

祖师庙、霞海城隍庙，是了解台湾人信仰习俗的必游之地。如果要更进一步了解，还可以到指南宫、大龙峒保安宫、台北行天宫等其他信仰中心。

这一带值得一看的还有华西街宝斗里和西门町。环河南路二段、华西街一带曾是台北合法公娼馆集中分布的地区。2001年3月，存在了几十年的公娼制度正式废止，原来的公娼馆人去楼空。虽然如此，若能到这个曾经的"红灯区"走走看看，依然可以实地了解台湾历史上曾经有过的一页。

相比宝斗里的辛酸与不堪，西门町则洋溢着青春气息，是当下台北少男少女爱逛的潮流之地。几条小街道纵横交错，两边是一间挨着一间的小店，贩卖各种新潮平价的服饰，当中还夹杂着一些刺青店，连张惠妹这样的流行天后都会前来光顾。台湾不少歌星发新专辑，也喜欢在西门町举行签唱活动。因此，喜欢追星的游客，可以到西门町碰碰运气。

"台北"这个名称，直到清光绪元年（1875年）钦差大臣沈葆桢奏请设台北

剥皮寮记载着老台北一段辛酸的历史（陈键兴摄）

府于艋舺才出现。清廷在台湾设省后，台北取代台南，成为台湾的政治、经济和文化中心，但1895年日本殖民者占领台北后，为防止"人心思汉"，大肆破坏台北城原有的建筑，拆毁了城墙、衙门、书院等具有典型中华民族传统文化特色的建筑，同时大量兴建各种外来风格建筑，包括后来成为台湾当局领导人办公场所的总督府。日本殖民统治50年，给台北的某些街区打下了深深的日本文化烙印，如林森北路"六条通"地区小巷子里的诸多居酒屋，以及农安街的"三井"等日本料理店和独具特色的酒家菜。

1945年10月25日台湾光复后，台北成为台湾省省会。1949年，蒋介石率领将近200万军民退居台湾，台北从此成了台湾当局的所在地。蒋介石下令把台北的街道按大陆地名重新命名，如迪化街、天津街、青岛东路、南京西路、重庆南路等。台北几条东西向的大道从北往南，也依次以忠孝、仁爱、信义、和平命名，另外台北还有四维、八德之类的典自四书五经的路名。虽然经过半个世纪的建设，台北已成为东亚地区有名的繁华都会，但看到这些"很大陆"的路名，还是会让人产生一种亲切感，体会到这个城市里依然流淌着的浓浓乡愁。20世纪50年代之后，大批台湾中部和南部居民移居至台北，又让乡愁添加了些许"台味"——对台湾中南部家乡的想念。

再回到凯达格兰大道附近，对政治感兴趣的人，可以到台湾当局各机关聚集

环岛看台湾

要想品尝地道的台菜，推荐明福台菜海产、茂园、美丽餐厅这三家老餐厅，虽然环境比较简陋，但美味的菜肴和嘈杂的环境，很有『老台味』。只要不点『佛跳墙』，其余的菜价钱相当公道。

tip 1

将看景点与到夜市吃东西统筹安排，可以提高旅游的效率。

tip 2

老台北

鉴于有关台北故宫博物院的介绍、展览资讯很多，本文不作详细介绍，读者可自行查询。台北故宫博物院藏品丰富，隔一段时间会轮换展品，也会举行各种专题展览，值得常去。在这样一个艺术胜地，大声喧哗与不遵守禁止拍照的规定，都会显得很「没品」。

台北街头很少见到垃圾桶，那是因为实行垃圾分类有偿回收的政策。其他县市虽然没有实行这样的政策，但环保意识深入人心。因此，在台北乃至全台湾旅游，请自备塑料袋，将垃圾随时收集，见到垃圾桶再统一丢弃。

的"博爱特区"满足自己的好奇心，走马观花地在外围看看台湾当局领导人的办公场所。撇开政治不说，这些建筑在美学上还是有可取之处的。而正对着台湾当局领导人办公场所的凯达格兰大道，常有抗议集会在这里举行，如果凑巧的话，可以现场领教那种热闹的气氛，去对"台湾民主"做出自己的评判。

对文化感兴趣的人，书店挨着书店的重庆南路不得不逛。如果喜欢旧书的话，也可以到牯岭街去淘旧书。位于南海路的台湾历史博物馆和位于外双溪的台北"故宫博物院"，则收藏着数十万件中华文物，尤其是后者，堪称"中华文化宝库"，值得花上一整天欣赏流连，享受文化的飨宴，也能顺便买些独具创意的纪念品。

东区之外的台北，我称之为"老台北"。尽管也有西门町这样的潮流地带，但相比东区，它更传统，更有中国韵味。虽然在行政区划上，新、老台北很难截然分开，但我钟情于这样的划分，因为，老台北让我更觉亲切。

上图·凯达格兰大道是岛内是是非非的中心
下图·凯达格兰大道上的反扁大游行场景

台北东区
夜未眠

如果没有东区，台北肯定不能成为现代都会，因为东区是商业的，是时尚的，是不眠的。

早期的东区指的是20世纪60年代以后，在一片农地上逐渐崛起的太平洋SOGO百货、顶好商圈和明曜百货等，范围大致在复兴南路以东、延吉街以西、市民大道以南、仁爱路以北。随着城市逐渐东扩和高级办公大楼、展览馆、百货商店的纷纷加入，以忠孝东路四段为中轴的东区商圈加上最新发展起来的信义计划区，组成了广义的台北东区，即台北市的商业中心。

最能彰显东区商业色彩与时代信息的，当属台湾第一高楼——101大楼。这座1999年开工、2003年10月竣工的摩天大楼，地上101层，地下3层，总高508米，曾经保持了7年左右的世界第一高楼的桂冠。

我喜欢101大楼，并不是因为它的高，而首先是因为它独特的外形。台湾建筑大师李祖原的设计灵感来源于中国人的吉利话"节节高"，给这座大楼设计了竹节般节节向上的外形，再加上如意与祥云的图案，既富有民族精神，又充满现代感，美观且实用。我在台北大部分时间所住宾馆房间的阳台，都能清清楚楚地看到101大楼挺拔的身躯，那无尽的向上感，常常给予我向上提升的精神力量。

入夜的"101"是多变的。太阳下山之后，台北"101"外墙的灯光就亮了起来，直到10点关闭。一周7天，"101"的灯光颜色也

夜色中的台北繁华而迷离

每晚一变，星期一是红色，星期二是橙色……周而复始。在情人节、父亲节、春节等特殊节日，"101"还会以灯光组合出应景的特殊文字或图案。而从2004年年终开始的跨年烟火，则是世界最著名的烟火表演之一。500米高的火树银花，能让观者对新一年充满遐思，其璀璨绚烂也可想而知。因此，新年来临之时，周边能看到烟火的宾馆房间都会被早早预订一空。

人总是喜欢登高望远。台北"101"的室内观景台在89层，室外观景台在91层。游客购票后，可以乘坐高速电梯抵达，从5楼直达89楼的室内观景台只需37秒。到观景台可以饱览台北盆地遍地繁华的景象，也可以观赏研究那个世界最大的阻尼器。台湾位于环太平洋地震带，距101大楼200米左右就有一处10米厚的断层。为了防震防风，地震科技人员特别在101大楼的88至92楼挂置了一个重达660吨的巨大钢球（调质阻尼器），利用摆动来减缓建筑物的晃动幅度。而位于91楼的室外观景台，游客能感觉到大楼似乎在轻轻摇晃，风越大，摆幅越大，这就叫"高处不胜寒"啊。

在台北街头远望高耸的101大楼

　　101大楼的功能简而言之就是商场、写字楼加观景台。下面5层为商场，是奢侈品大集合的地方，也是游客最喜欢光顾的地方。"101"的主体是写字楼，台湾证交所及许多外资和陆资的台湾分公司都在其中办公。而作为一个吃喝爱好者，我喜欢到101大楼的85、86和88楼的餐厅用餐。这里有改良过的精致台菜，还可以把台北的美丽夜景当成"下酒菜"。而在数百米高的卫生间小解，"一览众山小"则绝对是人生难得的体验。当然，这里的消费也和"101"一样"高贵"，不过偶尔为之，也算不虚此行。

　　101大楼周边就是大道贯通、车水马龙的信义计划区。街上人流如织、衣着光鲜，新光三越、阪急百货、BELLAVITA贵妇百货等大型商场比邻而立，甚至用连廊相互贯通，让顾客在雨天都可逛个痛快，是"Shopping控"眼中的天堂。

　　不喜欢购物的人，可以在东区看美女。台北属亚热带海洋性气候，一年当中夏季长而冬季短，无严寒酷暑，年平均温度为22摄氏度，气温最低的1月份平均温度为15摄氏度。这样的气候，特别适合女性常年衣着单薄，展露动人的曲线，加上"年轻美眉"们"衣不惊人死不休"，所以如果在信义区的香堤大道、威秀影城和附近的夜店驻足，定能大饱眼福。

　　爱书的人可以到著名的诚品书店逛逛。诚品在东区有两家，一家位于信义区

● 斌华提示

tip 1

有些人出游喜欢寄明信片，在101的89楼设有据说是世界最高的信箱，可以在那里给自己的好友寄出『最高』的祝福。

tip 2

只要经济条件许可，建议可在101大楼的高层餐厅吃顿饭，或者喝杯咖啡，感觉定会不同。

tip 3

东区的小巨蛋体育馆是台湾和海外明星艺人在台北演出的首选，游客可以把旅游与观看演出结合起来。

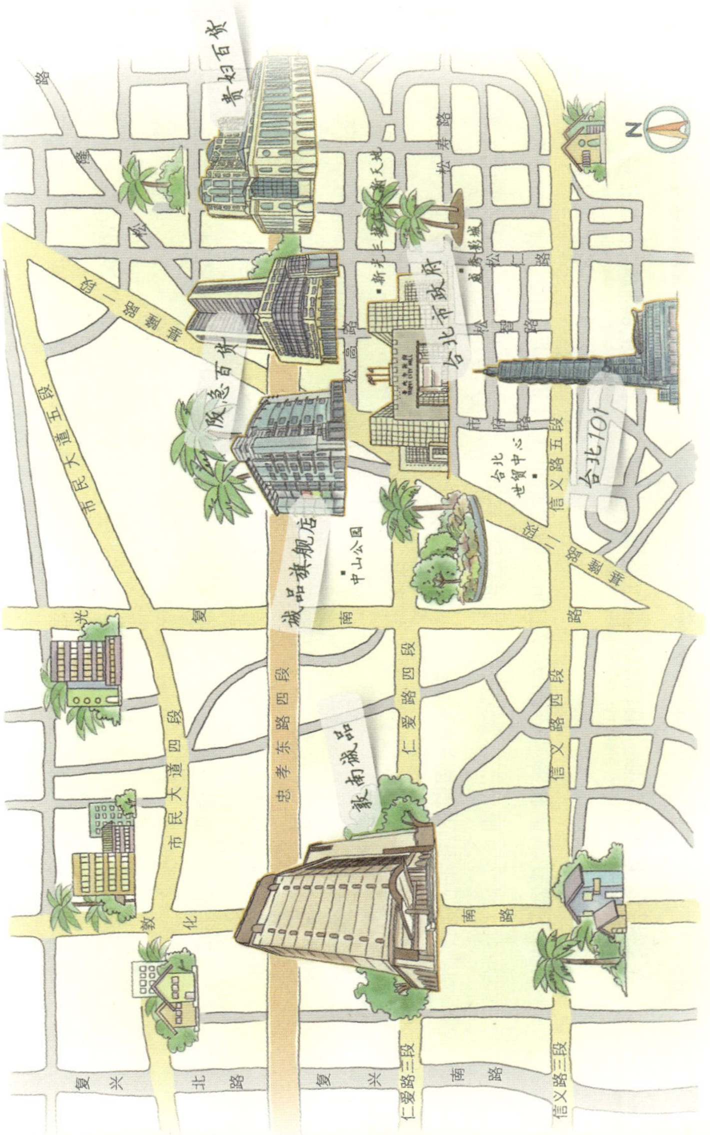

台北东区

台北诚品敦南店

有空的话，可以前往紧邻东区的南港，到台湾地区学术研究重镇『中央研究院』走走，院内有胡适先生的墓园与纪念馆。

tip
4

松高路的旗舰店；另一家位于大安区敦化南路，是台湾首家不打烊的书店。诚品敦南店的口号是"阅读零时差，夜夜不打烊"，喜书一族即使不买书，也可以在宽敞明亮、装潢古朴典雅的书店里席地而座，津津有味地翻阅一本本装帧精美的图书。在风雨交加的夜晚，或是寒冷的冬夜，还有什么比坐拥书城彻夜静读更让人心醉的呢？

　　诚品敦南店给我留下最深刻的印象，是它骨子里对读者的尊重。记得我第一次到该店，举起相机想拍下书店的情景时，书店管理人员立即很客气但也很坚决地对我说："先生，请你不要拍照，这样会影响客人看书的。"那一刻，让我体会到"万般皆下品，唯有读书高"。

　　逛累了，看累了，自然要吃吃喝喝。台北是"美食之都"，汇聚了中国各地的口味，而在东区则能品尝到世界各地的风味。我喜欢复兴南路的清粥小菜、永康街的牛肉面、鼎泰丰的小笼包，还有延吉街精致的风味小馆。很多餐厅尽管面积很小，装修得却很有个性，菜也做得精致可口，关键是天然健康，基本不使用味精和人工色素。

　　台北是个咖啡飘香的城市，咖啡馆随处可见。吃完饭，我也会像很多台湾人一样，点上一杯咖啡，看着霓虹闪烁，沉醉在东区的时尚气息之中。

eslite 誠品信義店

誠品书店外景

台北
不可一日无此山

"晨风轻轻地吹过，
曙光也唤醒了阳明山，
市面渐渐地醒来。
你早，台北……"

阳明山与台北，是这样的唇齿相依。如果没有位于市区北边的阳明山，台北定会少了几分灵性，市民的生活也将逊色许多。宋代大文豪苏轼在《于潜僧绿筠轩》中写道："宁可食无肉，不可居无竹。无肉令人瘦，无竹令人俗。"说的就是这个道理，所以我说，台北不可一日无此山。

阳明山原名草山，因山上茅草丛生而得名。蒋介石退居台湾后，常携宋美龄上山散步，因山名有"落草为寇"之嫌，又见山色空明，也为了纪念他所景仰的明代哲学大家王阳明，因此于1950年改名为阳明山。

1986年5月，台湾当局以阳明山为中心，设立"阳明山国家公园"，涵盖台北市士林、北投部分山区和新北市的淡水、三芝、石门、金山、万里等区的部分山区，面积约11455公顷，海拔高度200～1120米。如此广阔的面积和近千米的高度落差，使得群山环绕的阳明山地区具有丰富的植被，一年四季景色各异，如诗如画。

春季是阳明山最美丽的季节，百花齐放，百鸟争鸣。梅花、

日出时分，从山上远望，晨雾氤氲之下的台北东区如梦如幻

茶花、桃花、李花、杏花等姹紫嫣红、争芳斗艳，但最有名的当属樱花和杜鹃花，在茵茵绿草、森森古木的衬托下，显得更加娇艳动人，共同构成台湾八景之一的"大屯春色"。每年2月下旬至4月初是阳明山的花季，数以百万计的市民和游客上山观花。由于樱花转瞬即逝，所以樱花季时更是摩肩接踵。这时候开车到阳明山，路上就一个字"堵"，搭乘台北市政府开通的赏花公车前往反而是最快捷的。

花季结束之后，紧接着上场的是海芋季。阳明山地区原本有农民从事传统农业，现在基本都由种植海芋等花卉的精致农业所取代。在竹子湖一带，一块块的海芋田组成白色的花海，散发着淡雅的花香。无论是晴空万里，还是细雨迷离，都让人心旷神怡。

除了海芋，竹子湖的另一特色是"农家乐"。在种植海芋出名之前，这里的农家主要就是做山野菜料理。沿着山路，两边是一家接一家的农家餐厅，有的布置得典雅精致，有的简陋得连上厕所都要顶风冒雨，不过几乎每家的菜都很可口，价钱也不贵。

我最喜欢吃的是白斩走山鸡、山茼蒿排骨汤，还有炒山茼蒿、山苦瓜、山苏

小油坑冒出的袅袅硫黄烟

等"土菜"。吃完饭菜后，记得每人再点碗用姜和红糖煮的地瓜汤，山区入夜后天气阴冷，热腾腾的地瓜汤不仅有"妈妈的味道"，还能驱寒去湿。吃完饭，可以向店家买几束海芋，但如果只是一两支的话，和店家磨磨嘴皮子，纯朴的山民是不会收钱的。

　　盛夏时节，阳明山适合避暑。如果能自驾车的话，随便找个适宜观景的地方停好车，三五好友一起野餐，就能得到简单的快乐。入夜之后，则适合到"中国文化大学"校区前方的平台上，俯瞰台北盆地遍地繁华的夜景，或者在附近的"后花园"等特色餐厅，一边饱览夜景，一边喝咖啡或小酌，别有滋味。

　　秋天的阳明山，看点是红叶和芒花。擎天岗一带10月份漫山遍野都是白背芒，白色的芒花随着萧瑟的秋风摇曳，凄美异常，让人惊艳也让人感伤。如果不想心情低落，则可以到海拔稍低的地方，看慢慢变得金黄的红叶和在树枝上跳跃的松鼠。在我看来，阳明山的红叶并不比北京的香山红叶逊色。

　　冬天的阳明山，常常寒风细雨，云雾缭绕。这时候，游客就少了许多。不过倘若强烈寒流来袭，那么七星山、竹子山、大屯山一带偶尔会有降雪，那便是台北难得一见的雪景了。

　　除了四季花木景观，阳明山还具有特殊的火山地貌和丰富的地热、温泉资源。位于七星山西北麓的小油坑，是最适合游人感受地热的地方。还没靠近，就

从阳明山可以沿阳金公路到金山，路程约半个小时。金山除了有温泉、海景和邓丽君墓园，还有著名的金山鸭肉。到金山老街上，看到哪家抢着端盘子的人最多，就是最好吃的那家。记得先抢位子，一个人看好位子，另外的人去庙口和任一切鸭肉的案板前，喜欢吃什么就端什么，店家最后是按照盘子的颜色结账的。不用担心荷包，因为真的是物美价廉。

tip
1

小油坑

冷水坑

大油坑

竹仔湖

海芋田

中山楼

七星岗

公园花坛

阳明山温泉

阳明山

tip ②

阳明山地形复杂，气候多变。下午三四点后常常山雾弥漫，偶有阵雨，记得带上雨具，备件御寒外套。

tip ③

七星山、纱帽山一带适合登山，但切记按照指引，不要爬野山，以免发生意外。

能闻到刺鼻的硫黄味，走近可以看到依然活跃的喷气孔、硫黄结晶和袅袅硫黄烟，以及附近被熏黄的岩壁。

阳明山温泉位于大屯火山群的西部，与临近的北投温泉并称"姐妹泉"。我曾多次到阳明山和北投泡温泉。在我看来，泡汤最宜在夜里。记得有一次我应岛内同行之邀，大半夜到北投泡汤。车顺着山路蜿蜒而上，到了山顶，豁然是一片日式风格的建筑。昏黄的灯光，古朴的屋檐，静谧的峡谷中，潺潺的溪水流过这春山的深夜。这样的景致好像在唐诗里才有，记得刘长卿曾有"危石才通鸟道，空山更有人家。桃源定在深处，涧水浮来落花"的诗句，而王维则有"月出惊山鸟，时鸣春涧中"的描述。

泡在温泉池中，头上是青幽幽的天，几颗星星懒懒散散，耳边是潺潺的水声，远处是几点灯光，全身的疲累都得到了化解。出了汤池，在峡谷中搭起的木屋里，吃着美味的苦瓜鸡火锅和炒野菜，既能填填泡饿了的肚子，又能补充元气，堪称一条龙服务，是真正的"消夜"。

景观丰富的阳明山，是台北市民寄情山水的好去处。在阳明山上，台北人看不到街上永远川流不息的汽车，听不到几十万辆摩托车呼啸而过的嘈杂声，也可以暂时忘记台北永远追不上的飞涨的房价……

所以我说，台北不可一日无阳明山。

阳明山山路蜿蜒而狭窄，开车的话注意控制车速，全程必须开车灯。

tip 4

tip 5

阳明山温泉以马槽一带泉质最佳。北投、新北投一带的温泉质量参差不齐，有的汤池卫生不过关。建议泡汤之前先做功课，尽量选择条件稍好的温泉会馆。有的公共汤池是男女混泡，收费比较低廉，但必须着泳装。

一对新人漫步在海芋田里，洁白的海芋与新娘身上洁白的婚纱"很搭"

一潭好水
洗日月

　　记不清是什么时候知道日月潭的，记不清去过多少次日月潭了，也记不清多少次被熟悉不熟悉的人问过：日月潭美吗？

　　日月潭对于大陆同胞是个独具情结的著名景点，早在小学课本里就认识了。它在我们幼小的心灵里烙上了一幅美丽的图画。但去过的人却觉得有些失望，因为日月潭没有想象的大和美，有的游客说不如西湖甚至安徽的太平湖，因而产生了情绪落差。

　　其实，日月潭作为高山湖泊确有秀美之处。它位于南投县鱼池乡，是台湾地区最大的湖泊，水域面积约为793公顷，周长约33000米，以拉鲁岛为界，北半侧形如日轮，南半侧状似月钩，因而得名。日月潭原是台湾世居少数民族（大陆称"高山族"，台湾称"原住民"）邵人逐鹿之地。传说在千百年前，一群邵族猎人因追逐一头罕见的可爱白鹿，翻山越岭来到古老的水沙连内山，发现一泓碧水的日月潭，举族迁居至此。后来为了发电，引浊水溪上游的溪水注入，淹没众多小山丘，而成今日之泱泱大湖。

　　日月潭的美首先在于高山出平湖。它海拔748米，四周高山环抱，游客一般乘坐旅游大巴或小型车上山，车沿山路盘旋而上，拐过一个弯，碧波万顷的潭水突然扑面而来，这时候，初次去的游客一般都会惊喜地欢呼："啊！日月潭！"在台湾这样一个蕞尔小岛，群山之中突现如此壮观湖景，自然让人惊叹与赞美。

　　泛舟日月潭是人们最喜欢的游览方式。我前几次去，都会从

从饭店窗户俯瞰，刚刚醒来的日月潭在晨曦映照下静若处子

位于水社村的游船码头上乘坐游艇，横渡日月潭。游艇缓缓行进，先后经过涵碧楼、拉鲁岛、慈恩塔等景点。

位于潭边山顶的慈恩塔塔高九层，是蒋介石退居台湾后为缅怀亡母而兴建的，被视为当地地标。涵碧楼是日本人伊藤所建的度假场所，台湾光复后，蒋介石以其为行馆，颇为钟爱，时常流连，现在则被改建为台湾最知名的高档度假酒店之一。

船行至潭中央，有一个葱绿的小岛——拉鲁岛（音译自邵语lalu），原为邵人的祖灵Pashala的圣地，1999年"9·21"大地震中受损严重，虽进行了修复，也只是恢复了部分原貌。邵人是台湾地区14个世居少数民族中最袖珍的一支，现仅有280余人，聚居在伊达邵村。他们热情好客，青年男女会在码头弹琴唱歌，欢迎游客的到来。伊达邵原名德化社，是个小小的村落，现在有一条专门卖旅游纪念品的街市，十几家规模不大的饭店、旅馆，还有烤山猪肉、香肠的排档和邵族歌曲

邵族少女在日月潭边歌唱

● 斌华提示

tip
1

日月潭边的玄奘寺供奉有唐代高僧玄奘的部分灵骨，月老庙据说也比较灵验，倘若有宗教信仰，可以前往焚香祷拜。

表演场所，比我2001年第一次去时繁华了许多。

不只伊达邵，现在整个日月潭地区都繁华了起来，涵碧楼变得"一床难求"，云品、大涞阁、水沙连国际观光饭店等高档饭店临水而立，我的老朋友叶国梁家传的鸿宾大饭店、日月潭教师会馆等老饭店"枯木逢春"。湖上的游艇不仅越来越多，也越来越豪华，游艇业者忙得不亦乐乎。为了欢迎大陆游客的到来，有的游艇还会特意插上五星红旗，让人看了不禁莞尔。水社村、伊达邵村里蜿蜒的小路两侧，饭店、商店和餐馆鳞次栉比，来自大陆不同省区的游人是它们最主要的客源。

但是每年超过百万人次的大陆游客，通常被安排在白天来日月潭，走马观花游湖一趟，看看玄光寺、玄奘寺、慈恩塔与文武庙等近代建筑，然后就赶往别的景点，或是到山下的埔里镇下榻，这样自然无法真正领略到日月潭的美丽景致。

在我看来，日月潭之美，在一早一晚，在山水和鸣。晨昏月夜，日月潭景致不同，风韵有别：清晨，鸟鸣啾啾，水气氤氲，轻雾如纱，仿佛一位刚刚出浴的少女，清新纯洁；黄昏，晚霞把湖水和群山染成一片金黄，浪漫迷人；明月当空，月光如水，水漾月光，远山几点灯火，湖水波澜不兴，宁静而神秘。

而要领略这样的景致，就要住在临湖的饭店。无论是涵碧楼这样的高档饭店，还是鸿宾这样的小饭店，只要房间紧邻潭边，有一个阳台拥有极佳视野即

tip 2

如果喜欢游泳，可以报名参加1983年开始举办，现一年一度的日月潭万人泳渡活动。据我了解，这几年每年都有数千大陆游客共襄这一盛举。

tip 3

日月潭的特产推荐湖里的曲腰鱼，因为蒋介石很喜欢食用，因此台湾同胞也称其为『总统鱼』，此鱼肉质细腻，味道鲜美，一般的餐馆这道菜收费也不贵。

日月潭

tip 4

从日月潭下山后，一般会到埔里镇。埔里镇的中台禅寺和『9·21』大地震纪念公园值得一看。前者是台湾佛教四大山头之一，建筑中西融合，气势宏伟；后者可以看到地动山摇后震撼人心的场景，让人真切感受到大自然的威力。

tip 5

日月潭风景区内还有九族文化村、车埕、集集等景点。前者类似北京的中华民族园，是人造景观加有些变味的少数民族歌舞表演，是否值得一去请自行判断。车埕、集集有小铁路和老火车，若想怀旧可以去看看。

可。入住后，你可以静下心来，坐在房间的阳台俯瞰，远山青翠，拥抱着清澈的潭水，不管从哪一个角度看，都是一幅天然的山水画卷。

　　看够了日月潭的多变风姿，可以沿着湖边的木栈道悠闲漫步，也可以骑着自行车沿着环湖公路随意行止，还可以独力或与朋友一道划桨击楫，泛舟于粼粼湖光之间。如果能做到这样的"慢游"，相信您不会对日月潭失望，也才能感受到这句歌词的真意："你是心中的日月，落在这里，旅程的前后多余，只为遇到你。"

上图·在涵碧楼饭店的无边界泳池游泳，很容易产生在日月潭中畅游的美妙错觉
下图·日月潭边邵族聚居的伊达邵村游客日多，原貌与安宁已不复存在

日月潭码头

阿里山：
不见姑娘美如水

"高山青，涧水蓝，阿里山的姑娘美如水呀，阿里山的少年壮如山……"

大陆游客无论是乘坐小火车还是旅游大巴上阿里山，往往是伴随着车里播放的《高山青》歌声开始行程的。我几次乘小火车上阿里山，车厢里一播放，大陆游客都会兴奋地随之轻轻哼唱起来。

大陆人对阿里山的知晓与想象，绝大多数来源于这首收录于音乐课本的歌曲，也因此从一开始就对这一台湾知名景点有了"美丽的误解"。

第一个误解，就是以为《高山青》的歌名叫《阿里山的姑娘》，是台湾世居少数民族的歌谣。其实，《高山青》创作于1947年，填词者为知名电影人张彻，作曲者为周蓝萍、邓禹平，是台湾光复后在台湾拍摄的第一部"国语电影"《阿里山风云》的主题曲，主唱者为该片女主角张茜西。

第二个误解，就是把阿里山想象成黄山、九寨沟一样的人间仙山，拥有绝佳的风景，还有"美如水"的姑娘在山涧边载歌载舞……以至于有些人到阿里山游览一番后，发出"盛名之下，其实难副"的感慨。

阿里山美不美? 这是一个见仁见智的问题。我的答案很简单，阿里山很美，因为有小火车、日出、晚霞、云海、森林这"五奇"，但要从整体上看，确实稍逊黄山——毕竟"黄山归来不看岳"。

阿里山森林铁路边上林木茂盛，真是"只在此山中，林深不知处"（可小巫摄）

　　上阿里山有两种方式：一是开车或乘坐公共汽车、旅游大巴沿盘山公路而上；二是乘坐森林火车，从嘉义北门火车站到山顶。前者仅需两个多小时，相对灵活，后者需耗时三个半小时，安全系数低。阿里山小火车2011年4月27日就发生了翻车事故，造成5名大陆游客死亡、百余名游客受伤的重大意外，而在8年前也曾发生过一次翻覆事故。但乘小火车上高山毕竟是难得的体验，因此游客仍然争相乘坐，很多时候一票难求。

　　阿里山森林火车是当今世界三大登山铁路之一，原是日据时代殖民者为掠夺阿里山森林资源、运送木材而建的，现在主要用作观光客运，动力机车也由蒸汽机车改为柴油机车，但仍是窄轨和小火车。更为特别的是在全长71.4千米的路程中，自海拔30米上升到2216米，沿途可观赏到热带、暖温带、温带三个森林带的植物种类变化和山脉、溪谷的美丽景观。

　　在森林火车正常全程运转时期，小火车从嘉义出发抵达竹崎站后，开始穿山越岭，时而作螺旋形攀爬，时而作"Z"字形曲折前进。车窗外茂林修竹，槟榔树并肩挺立，高山长青，涧水奔流，野趣天然。尽管车厢摇摇晃晃，但游客却大多只顾欣赏沿途美景而不觉心慌。

　　火车抵终点阿里山站，走出车厢，迎面扑来的是清新的空气和微微的凉意。即便是夏日，海拔超过2200米的阿里山气温只有十来摄氏度。出了阿里山站，就是面积约有1400公顷的阿里山森林游乐区的入口。关于阿里山一名的由来，相传250多年前，台湾14个世居少数民族中的邹族有一位酋长名叫"阿巴里"，勇敢善猎。他带领族人翻山越岭到这里打猎，常常满载而归，族人为纪念他，将这里命名为"阿里山"。

云海是阿里山"五奇"之一。我几次去阿里山，刚到山上的旅馆区，就能见到云雾从山谷中升腾弥漫开来，顷刻之间，群山若隐若现，仿佛人间仙境。除了云海，日出、晚霞这"两奇"也是多数高山必有的景象，不过在阿里山，看日出还是很有特色的。

阿里山的祝山日出颇负盛名，特别的是看日出必须摸黑乘坐森林火车到祝山。日出并非天天有，能否看到全凭运气。我去了两次，成功率只有50%。看到的那次，在裹着羽绒大衣御寒、忐忑不安的一番等待之后，突然看到一轮红日从群山之中、云雾霞光之间喷薄而出，不禁兴奋地叫出声来，颇有苦尽甘来分外甜蜜的体会。

阿里山共由18座高山组成，属于玉山山脉的支脉，隔同富溪与玉山主峰相望，近年来，阿里山新增了乘坐汽车到玉山公园"好望角"观日出的新线路。2007年5月5日，我凌晨4时半就乘坐汽车从宾馆出发，一个多小时后抵达"好望角"。由于当天云雾过多，未能观赏到日出的壮观景象，但略为宽慰的是得以眺望中国东部最高峰——海拔3952米的玉山主峰的雄姿。

阿里山蕴藏丰富的森林资源，尤以桧木和樱花名闻中外。每次上山，我都会沿着巨木群栈道，体验阿里山森林之美。栈道全长600多米，沿途可以观赏到20棵巨木，树龄从数百年至数千年不等，有的树身要十几人才能环抱。栈道终点是神木火车站，著名的"阿里山神木"躺卧于车站一侧。它身姿伟岸，曾是阿里山的标志，可惜于1997年被雷电摧毁并于次年被放倒。尽管游乐区管理当局又选定了新的"神木"，但许多游客仍会慕名前往凭吊。而山林之间一些触目惊心的神木树墩，则是日本殖民者疯狂掠夺台湾林木留下的罪证。

红桧、台湾扁柏、台湾杉、铁杉和华山松，被称为阿里山"五木"，是共同造就阿里山郁郁苍苍的林木景观的功臣。而每年3月中旬至4月中旬，吉野樱、重

● 斌华提示

阿里山邹人在表演竹竿舞

瓣樱、山樱花漫山开放，转瞬即逝，都会吸引大批游客包括日本游客不远千里而来。而在樱花季之后，高山杜鹃紧接着开放，又会招来新一波的赏花人潮。

阿里山上有邹人聚居的特富野、达邦两个部落。邹人原称"曹族"，1999年更为现名，主要分布于南投县、嘉义县和原高雄县境内，人口6000多人。阿里山上的邹人以山地耕作为主，副业则是狩猎、捕鱼和饲养家畜；重要祭典有小米祭（即丰年祭）、马雅斯比祭、粟收获祭、年终大祭、成年礼等，主要为祭战神。

邹人原本担心游客会破坏祭典的神圣性，拒绝参观，但现在为了增加观光收入，会欢迎游客参与祭奠，在歌舞表演中还会邀请游客同乐。大批游客的到来，使歌舞天赋与生俱来的邹人，利用擅长的歌舞表演发展当地经济，改善了原本艰苦的生活。但据我了解，大陆旅游团到阿里山，一般不会安排部落参访行程。

说到"阿里山姑娘"，一般都会提到台湾著名影星、歌星汤兰花（族名：优路那那·丹妮芙），她就出生于特富野部落的来吉村，因主演《一代佳人》《唐明皇外传》等影片而红极一时，是最为出名的"阿里山姑娘"。不过，如果以为邹族女孩都像汤兰花一样美艳，那可就错了。

记得我2001年9月第一次上阿里山，住在阿里山宾馆。那时候的阿里山，游客稀少，接待条件也十分简陋。夜雨无聊，我站在宾馆大门前，与宾馆的一个邹族服务员聊天。那个女孩肤色较重，四肢粗壮，实在沾不上"美如水"的边，倒像

奋起湖是一座火车拉来的小山城

"少年壮如山"。

2007年5月再去阿里山，住在山上的一个小旅馆——高山别馆。第二天结账时，一位中年女服务员听说我来了多次，问我对阿里山的印象。我说："阿里山确实很美，可惜没有见到'阿里山姑娘'！"她笑着说："山上又冷又无聊，现在的年轻人不喜欢，都下山去了。这里没有'阿里山姑娘'，只有'阿里山姥姥'。"

尽管这两位邹族女同胞和我后来遇见的一些邹族女同胞相貌并不出众，但她们的纯朴、乐观与直爽，却给我留下美好的印象。而在阿里山的半山腰，还有一个淳朴的小山城——奋起湖，同样令我难忘。

奋起湖不是湖，大名是嘉义县竹崎乡中和村。由于东、西、北三面环山，中间地势低洼，形如畚箕，加上云雾环拥如湖，故而旧称畚箕湖，后改为奋起湖，是上下阿里山的铁路中转站。

阿里山森林铁路开始营运时，主要运送阿里山的木材及山上所需的民生物资，奋起湖成了转运站，每次一停就是一个半小时，每天有10个班次，所以，聚居于此吃"火车饭"的人越来越多，奋起湖逐渐发展成一个兴旺的小山城。1982年，阿里山公路开通，许多游客选择乘汽车上下山，物资也不再通过火车运输，平日火车减少到一天一个往返班次，在奋起湖只停靠几分钟，这里很快没落了。

我认识的奋起湖大饭店老板林金坤靠做"火车便当（即盒饭）"起家。当

32　　　　　　　　　　　　　　　　　　　　　　　　　　　　　**环岛看台湾**

tip 2

从嘉义搭乘嘉义县公交车可以抵达奋起湖。

tip 3

邹族风味餐推荐烤山猪肉、树豆炖排骨、明日叶鸡汤、放山鸡肉、高山高丽菜、刺葱炒蛋、竹笋小米酒和香蕉糯米糕或糯米饭。

tip 4

到台湾世居少数民族部落时，注意尊重少数民族同胞的信仰与风俗习惯。

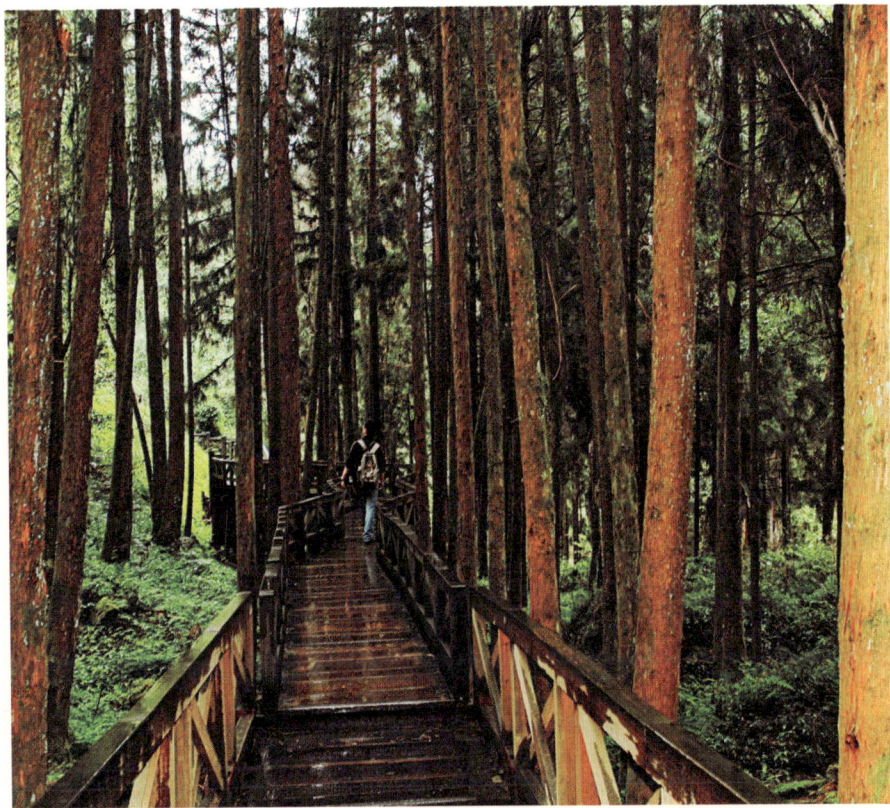

• 走在阿里山神木步道，等于进行一次超级享受的森林芬多精之浴

tip 5

阿里山茶鱼龙混杂,买茶时注意辨明真正产地。嘉义县政府认定,只有阿里山山脉沿线的梅山、竹崎、番路、阿里山、中埔、大埔6个乡、海拔800米以上的茶区出产的茶,才能叫阿里山高山茶,县政府正在两岸同步申请注册,未来只有印上『AMTC』(Ali Mountain Tea Competition)标志的茶叶,才是正宗的阿里山茶。阿里山茶主要有青心乌龙和金萱两个品种,乌龙价格较高,据当地茶农介绍,一般等级的一台斤(600克)成本价约为1500元新台币。

年他家的便当很受欢迎,一天能卖出2000多份。公路通车后,一天只能卖出几十份。现代交通给旅客带来便利的同时,却给奋起湖带来生死存亡的严峻考验,村里人开始转型做观光业。20多年过去,生意慢慢又好了起来。奋起湖独特的火车文化和淳朴的山城风情,吸引着越来越多的游客,每到周末假日,狭窄的老街上游客熙熙攘攘,选购着当地特产。当地特产除了林家的火车便当,还有"畚箕湖火车饼"最为知名。

我是2007年5月去的奋起湖,只见蒙蒙细雨中,都市男女打着伞,穿行在村里弯弯曲曲、高高低低的小巷中,兴奋地拍摄错落有致的民居、小教堂、小诊所,屋边的草木、鸡鸭和环抱着村庄的青翠山林。有些人游览归来,在林金坤用桧木和竹篾"包"起来的饭店里,津津有味地吃着"古早味"的便当,在桧木香和淅淅沥沥的雨声中一夜好眠。

和他们一样,我在奋起湖这样度过了一个下午和晚上。在此期间,我去采访拥有"畚箕湖火车饼"专利的天美珍食品店掌柜刘家荣等当地名人,听他们讲奋起湖的故事。

20多岁的刘家荣戴着眼镜,清秀儒雅。他在山下读了书,回来继承家业,把小饼店做成月收入百万元新台币的大生意。但当地许多年轻人却选择了离开。林金坤说:"村里原本有2000多人,现在只剩600人,年轻人都不喜欢待

左上图·森林铁轨向迷雾中的远方延伸
右上图·天美珍食品店掌柜刘家荣和他的"奋箕湖火车饼"
下图·诱人的奋起湖铁路便当

tip 6

台湾地形复杂，气候多变，地震、台风、泥石流等灾害频发，加上一些旅游设施和周边道路存在安全隐患，接待条件有限，因此，赴台旅游应有危机意识，在规划行程时注意评估旅游安全，慎重选择路线。天气不佳时，建议不要乘坐阿里山小火车，不经行事故多发的路段。

在这里！"

都市里的人喜欢这里的宁静，当地的年轻人却羡慕都市的繁华选择离开。这样的情节在阿里山、奋起湖，或是世界上任何一个美丽的乡村，几乎天天都在上演。

时隔多年，我却依然怀念泡在奋起湖大饭店桧木浴桶里，听窗外雨潺潺的那个夜晚。不知时隔多年，林老先生是否康健？那双我签了名的木屐，是否还高挂在饭店大堂的屋梁上？

奋起湖大饭店里我的签名

阿里山樱花与小火车

这个城市叫
"成功"

凡走过的，必留下印迹。

在台湾这块土地上，第一个留下深深印迹的中国人，当属"国姓爷"郑成功。而文化古城台南，就是一个随处可见"成功"印迹的城市。

郑成功是驱荷复台的民族英雄。1624年，荷兰殖民者侵占台湾南部。这一年，郑成功出生。1662年，郑成功在收复台湾后病逝，年仅38岁。因此台湾人常说，郑成功是为台湾而生的，并尊称他为"开台圣王"。

赤崁楼是郑成功踏上台南的第一步，这里是荷兰人窃据台湾时建造的"普罗民遮城"旧址，当地人称作"红毛楼"。因城楼砖瓦均为红色，又叫"赤崁楼"。

赤崁楼的身份几经更迭，从郑成功时代的"承天府"、其子郑经当政时的军火库，到后来光绪年间毁于地震重建，如今的赤崁楼已成为文物古迹，建筑已不见荷兰城堡的踪影，取而代之的是文昌阁、海神庙和蓬壶书院这些中式楼台亭阁。楼内陈列着荷兰人投降的条约书，以及郑成功与荷军作战的海图等珍贵历史资料。

赤崁楼濒临大海，清初台江尚未淤塞前，浪涛可直达城楼下，红色的砖墙在夕阳照耀下与海水相互辉映，人称"赤崁夕照"，曾为当时"台湾八景"之一。如今的赤崁楼位于闹市之中，距海岸线有一段距离，不复当年的景致。但我想，所有中国人到赤崁楼，都不是为了看风景，而是要印证那段让炎黄子孙扬眉吐气的历史，表达对民族英雄的景仰与怀念。也因此，每个游客到赤崁楼，几乎都

安平古堡雄风犹存（陈越摄）

会在楼前的"郑成功受降图"雕塑前留影。

　　带着这样的情怀，我每次去台南，也几乎都会去台湾唯一纪念郑成功的专祠——延平郡王祠焚香鞠躬致敬。安平古堡和亿载金城，是另外两处与抗击外来侵略有关的史迹。安平古堡位于安平区国姓路，这里曾是荷兰殖民者在台湾的统治中心"热兰遮城"，后来因郑成功曾住居城中而成为"王城"。

　　1661年4月21日，郑成功从厦门挥师东征。30日从台南鹿耳门胜利登陆，击溃了荷军的阻击，并乘势攻下赤崁城。随后，郑成功率大军包围了"热兰遮城"，9个月后，荷兰人弹尽粮绝，于1662年2月1日投降，驻台长官揆一率残兵败卒撤出台湾，至此，荷兰殖民者对台湾长达38年的殖民统治宣告结束。

　　登上古堡的红砖台阶，一座郑成功铜像立于眼前。铜像身后的展览馆里，展示着古堡前身"热兰遮城"的模型、郑成功墨宝及相关明清史料文物。耸立在展览馆旁的望塔始建于1891年，高23米。我曾两次登上高塔，远眺万顷碧波，遥想当年千帆征战的壮阔场面。

亿载金城于1873年由清廷钦差大臣沈葆桢奏请兴建，目的是为了防范日本人的滋扰。城池周长1000余米，当中是一块长78.53米、宽77.75米的士兵操练场，可同时容纳1500人。夕阳西下时，登上绿树掩映下的城垣，抚摸着一门门古炮，思古之幽情油然而生。

台南是台湾最古老的城市，古迹之多为台湾之冠，现有一、二、三级古迹70多处，占全台一半左右，其中一级古迹就有7处。丰富的历史遗迹，让台南有着独特的城市面貌，老街、旧聚落、古堡、炮台、高楼、渔港奇妙地糅合在一起，台湾作家舒国治这样形容台南："市景最典雅，房子最怡目，街道最疏朗，它的夜，光色最灿亮。"

安平区是台南城市魂魄所在。尽管台南已经不再是台湾的政治中心，但台南孔庙依然高悬着"全台首学"的匾额，古堡街、效忠街、延平街古韵犹存。延平街上，有两家台湾历史最悠久的蜜饯专卖店"永泰兴"和"正合兴"，还有以"剑狮"为观光图腾的剑狮埕。

传说郑成功驻台时期，士兵操练结束返家后，便将狮面盾牌挂于门墙上，借以吓阻宵小，此后当地居民"有样学样"，纷纷在家门前或墙上装饰各式各样的剑狮图腾。在剑狮埕老街里，许多商店贩售剑狮饼和剑狮造型雕刻，据说它具有安宅护民、避邪祈福的功效。

在老街上走走逛逛，是认识安平乃至台南的最好选择。如果是第一次去台南，可以按照当地旅行社推荐的路线（古堡街—安北路—中兴街十八巷—效忠街四十四巷—延平街七十巷—延平街），一路走来大概需要半个多小时。而建筑宏伟的鹿耳门天后宫、以郑成功之名命名的成功大学，也是台南市区值得一看的景点。

走出台南古城，我曾乘车寻觅郑成功率大军登陆的鹿耳门水道，300多年的沧海桑田，让曾经风帆云集、鼓角铮鸣的鹿耳门如今湮没于盐田、鱼塭和农田之中。但是，七股湿地的独特盐田与湿地景观，却能稍稍弥补我的缺憾。

台南晒盐、制盐历史可追溯到郑成功时期，当时清朝海禁，台湾缺盐，于是郑成功命士兵就地取材晒盐，开创了台湾制盐史。后来，专营盐业的台盐实业股份有限公司在此设立。近年来，由于人工收盐成本很高，加上天气不稳及土地资

tip 1

台南民众纯朴热情，台南又是台湾最古老的城市，具有历史意义的古迹甚多，需要我们亲自体察与感受。

七股盐山
鹿耳门天后宫
郑成功登陆纪念碑
马祖天后宫
安平古堡
N
赤嵌楼
孔子庙
延平郡王祠
五妃庙
法华寺
龙山寺
竹溪寺
亿载金城
万年殿

台南市

台南是台湾地道小吃的发源地，赤崁楼、安平古堡及孔庙周边都有热闹的小吃一条街，安平虾卷、虱目鱼粥、棺材板、蚵仔煎、鳝鱼面、鼎边锉最为知名，另有多处夜市。

台湾南部地处亚热带、热带，气温高，阳光也很毒辣。建议勤擦防晒霜，也可喝喝随处可见的青草茶、莲藕茶、冬瓜茶等凉茶，既美味又消暑败火。

爬上七股高高的盐山

赤崁楼虽然不是很高大，但在炎黄子孙心目中地位很崇高（陈越摄）

tip 4
台南市政府曾经票选了「府城十大伴手礼」：周氏虾卷、小南米糕、松棱烟熏一族五合一伴手礼盒组、依蕾特布丁、信裕轩乌糖香饼礼盒、同记安平豆花、黑桥牌香肠礼盒、不老庄药膳香肠、吉利号乌鱼子和度小月肉燥罐礼盒，本人大多品尝过，确实各具特色。

源利用等因素，台湾用盐已经开始自海外进口，本土盐场纷纷关闭，一望无际的盐田风光就此绝迹。

晒盐行业虽然走入历史，聪明的台南人却利用旧址建设成了以盐为主题的游乐场。盐山耗用6万吨盐堆砌而成，有5层楼高，号称东南亚最大的盐堆。远望盐山犹如皑皑雪山，在烈日照耀下闪烁着银光。沿着盐山凿出的阶梯，游客可拾级而上，也可在盐堆里试试"打雪球""滑雪"的感觉。下了盐山，还可以乘坐七彩小火车，在专业导游的带领下穿梭盐场，到园内的盐田示范教学区体验当盐工的辛劳。

盐山附近的台湾盐博物馆是目前台湾唯一，也是亚洲规模最大的盐主题博物馆。到博物馆参观，可以增进大家对生活中不可一日或缺的盐巴的了解。博物馆里最受游人欢迎的，是纪念品中心的特色盐制品，包括洁面乳、牙膏、沐浴露、浴盐等。我最喜欢的，是这里特制的盐冰棍，推荐乌梅口味，甜中带咸，生津止渴。

濒临绝境，却走出一条生机勃勃的新路。七股盐山的前世今生，又何尝不是一个成功的转身呢？

沉醉在
高雄的小爱河

　　"爱河！这条河真的就叫爱河？"这是许多第一次到高雄的人，都会发出的疑问和惊叹。

　　在高雄市民心中，爱河是最具地方代表性的景点，也是承载着他们成长与恋爱记忆的地方。据我所知，中国领土范围内有两条"爱河"，一条是丹东的母亲河——爱河（原名瑷河），但因为鸭绿江几乎成了丹东的代名词，因此并不广为人知；另一条就是高雄的爱河，近年来随着来高雄的大陆游客越来越多，爱河的声名也远播到大陆。

　　正所谓"英雄莫问出处"，高雄爱河原来的名字不仅和浪漫沾不上边，甚至还有点儿不雅，叫"打狗川"，因高雄原名"打狗"而得名。高雄原是台湾世居少数民族西拉雅族的分支西马卡道族（Makatau）居住的聚落，族人称之为"Takau"，清廷统一台湾后音译为"打狗"。1895年日本殖民者侵占后，嫌其不雅，依循日语谐音于1920年改为"高雄"。

　　爱河的名称与用途同样经过一番波折。爱河原是农田灌溉渠道，流经左营、三民、鼓山、盐埕、前金、苓雅等区而注入高雄港，主河道全长约12千米。当"打狗川"有了运输原木的新用途，就有了"高雄运河"的名字。1948年，台北的一名记者来此报道一起殉情事件，正巧看见中正桥附近一座"爱河游船所"，误以为"爱河"便是河名，便写了一篇《爱河殉情记》。这个美丽的误会，从此让高雄有了一条叫作"爱"的河流。

　　经过清污整治后，现在的爱河两岸椰子树摇曳婆娑，凤凰木热

　　　　　　　　　　　　　　　　　　　　　　　　环岛看台湾

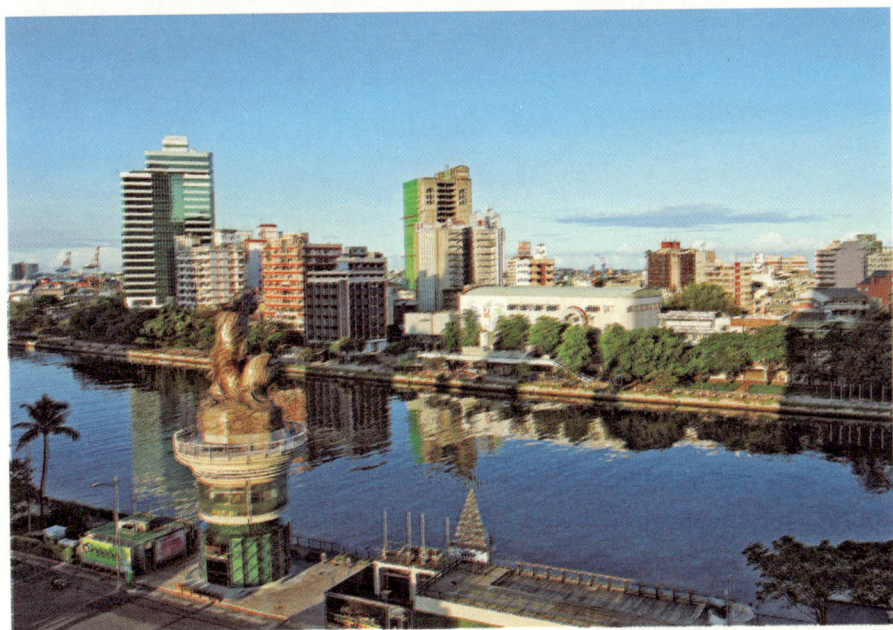

上下图·经过整治，爱河告别臭水沟的历史，为高雄增添旖旎风情

高雄港边高楼林立，这个城市与港口荣辱与共，真的是"秤不离砣，砣不离秤"

情似火。晚间游人众多，还有酒吧和乐队现场演出。我每次到高雄，有时间一定会到爱河边散步，观赏高雄的夜景，看林立的高楼与水中倒影交相辉映，听曼妙的音乐旋律与水波一起荡漾。近几年，高雄推出了乘船夜游爱河的项目，但我感觉与巴黎的塞纳河、上海的黄浦江夜游还有相当的差距。

看高雄夜景的另外一个去处，就是坐在寿山忠烈祠前的平台，一边品饮咖啡，一边观赏山下河海交汇、万家灯火的繁华景象。新建的摩天轮"高雄之眼"在夜空中不停旋转，变换着百般造型，也为高雄夜景添上点睛之笔。

白天的高雄是一个繁忙的都市，这要得益于台湾最大的港口高雄港。我曾经从飞机上俯瞰高雄港，也在高雄港务局的安排下乘船参观港区，只见水面宽阔、塔吊林立，数不清的码头上停泊着来自世界各地的万吨巨轮，泊位上整整齐齐地码着成千上万个集装箱，塔吊等装卸机械日夜不停忙碌地工作着。

高雄港最辉煌的时候，吞吐量曾位居世界第二。进入21世纪以来，随着大陆港口群的崛起，高雄港的排名每况愈下，已经掉出前十。尽管如此，高雄港还是一个看大船入港的好地方。

高雄海滨另一值得推荐的景点，就是位于市区西南侧、隔着高雄港狭长水道与前镇相对的旗津。旗津原本是一座沙洲半岛，后因兴建高雄港第二港口，而以水道与红毛港分割，成为一个小岛。到旗津可以乘坐轮船，也可以乘车通过位于

佛光山

澄清湖

中兴塔

龙虎塔

凤山县旧城

寿天路

太顺路

太顺路

龙泉寺

九如路

半屏路

长谷世贸大楼

忠烈祠

六合夜市

九如路

中
山
高
速
公
路

建国路

八德路

七贤路

六合路

中正路

中山大学

高雄市政府

中正文化中心

西子湾

卫武营公园

天后宫

高雄港

三多路

三多路

旗津海水浴场

台湾海峡

高雄大厦

高雄小港国际机场

高雄公园

N

高雄市区

老兵们每天在打牌闲谈中打发无聊的时光

斌华提示

高雄有机场、高铁、台铁、港口、高速公路和捷运等市内轨道交通，交通十分便利。

高雄港底下的过港隧道抵达。旗津有沙滩，适宜游泳、戏水，也有特色的旗津海产，但外来游客大多会慕名去六合观光夜市。不过由于游客太多，我总觉得过于喧闹，去过一两次尝尝鲜，就不再去了，而会选择去"杨海产"等当地老店，安安静静地吃顿地道的台菜海鲜。

在高雄要看山，则要看一座特殊的山——佛光山。佛光山寺在高雄市大树区，是台湾最大的佛寺，也是台湾佛教四大山头——佛光山的总寺庙，1967年由开山宗长星云大师创办，是中国佛教临济宗法脉传承。到佛光山，不仅可以看到壮观的佛教道场，更可以了解到"人间佛教"是如何深入人间的。佛光山不仅在全世界各大洲有众多的别院、分院，而且还创办了大学、佛教学院、图书馆、出版社、育幼院、老人之家、报纸和电视台。如果幸运的话，还能见到星云大师，听他用浓重的南京口音讲经开示。

高雄的湖泊中，位于鸟松区的澄清湖有"台湾西湖"的美誉，外观上与西湖有异曲同工之妙，最适合清晨时骑自行车游览。至于位于半屏山西南侧的莲池潭，虽然也位列高雄名胜，但在我看来，人为痕迹过多，景色乏善可陈。

出于个人兴趣，我喜欢漫步高雄市区，看风格各异的西式建筑、日式建筑；也喜欢到美浓，感受浓郁的客家风情；还喜欢到凤山，远远看一眼台湾的海军军官学校、陆军军官学校、空军军官学校等。"陆官"标榜与黄埔军校一脉相承，开学、毕业等典礼上，可以听到官兵们齐声高唱曾在北伐、东征中激励士气的校高雄商业发达，核心区位于前镇区、前金区、苓雅区、新兴区和盐埕区一带，主要有梦时代、三多和五福三大商圈，此外还有位于大树区的大型购物中心兼游乐园——义大世界。

tip 2

高雄市中心区采用棋盘式布局，十条主要东西向道路，由南至北依序为『一心、二圣、三多、四维、五福、六合、七贤、八德、九如、十全』，另有三条主要南北向道路。

tip 3

矗立于高雄港边的高雄85大楼，是台湾南部第一高楼，适合鸟瞰高雄市容。

tip 4

佛光山壮观的金身菩萨群像

tip 5

美浓有三宝：纸伞、烟叶、美浓窑。油纸伞图案优美，做工考究，是不错的旅游纪念品。

tip 6

高雄是台湾最重要的军港，也是军校最密集的地方。看到军事设施时，请勿随意拍摄，以免引发事端。

tip 7

高雄内门区每年三月底到四月初，会举办『宋江阵嘉年华会』，是值得一看的民俗庆典。

歌："怒潮澎湃，党旗飞舞，这是革命的黄埔……"

冈山、左营、凤山曾是眷村最集中的地方，现在一些地方还残留着破败的眷村。几年前，我到左营采访，在眷村附近的一个茶馆，碰到十几位老兵。这些老兵虽然在高雄生活了半个多世纪，但在他们心中，高雄并不是他们的家。他们的"家"，在海峡那一头的故土。老兵们每天都会到这里聚会，聊聊天、喝喝茶，用浓重的乡音排解乡愁与寂寞。一位原籍安徽的老兵告诉我，老伙伴们日渐凋零，见一面少一面。只要有人突然几天没来，大伙儿就知道又往生了，赶紧凑点钱帮他办理后事。我和同伴们听了，都为他们的乡情和友情所感动。

与这些来自遥远大陆的"老芋头"（本省人称上了年纪的外省人）不同，高雄人本土色彩浓厚，喜欢说"台语"（闽南话），性格豪爽、待人热情、不拘小节。我的老朋友蔡金树每次接待我，总是很随便把车一停也不锁车门，就进到宾馆或餐厅。他说，高雄民风淳朴，没人会偷车的。而我另外的高雄朋友，则直接告诉我："在高雄，红绿灯仅供参考。"台北人看高雄人，会觉得他们土气，不讲规矩。高雄人看台北人，又觉得他们太虚伪做作，过于循规蹈矩，待人不够真诚豪爽。高雄与台北民风的不同，在某种程度上与北京人和上海人之间的差异相似。

高雄是热情的、美丽的、迷人的。尽管作为制造业重镇，有大炼钢厂、大炼油厂、造船厂等，空气质量不是太好，但高雄还是洋溢着旖旎的热带风情，因为它临海环湖、阳光灿烂、湖光山色，更主要的是因为有爱河穿城而过。

有些想念，
遗忘在垦丁

"面朝大海，春暖花开。"住在海边的房子，心像春花绚烂而温暖，是无数人的梦想。我的经验是，要想美梦成真，在大陆你可以选择去三亚，在台湾，首选就是位于台湾本岛最南端的垦丁了。

"垦丁"本义为"开垦的壮丁"，得名于清同治时从大陆来此开垦的一批壮丁。就行政区划而言，现在是屏东县恒春镇下面的一个村。就景区而言，则指台湾当局设立的"垦丁国家公园"及其临近的休闲观光地区，总面积33268公顷。

垦丁拥有一望无际的碧海、蓝天和白云，还有绵延的沙滩和青翠的山冈，也有珊瑚礁、海蚀地形、崩崖地形等奇特地貌和丰富的动植物，"兼具山海之胜与沼原之美"，因此成为台湾首屈一指的度假胜地。2008年，魏德圣导演执导的爱情片《海角七号》在台湾掀起观影热潮，垦丁更"热"了。记得当时和我一起去看电影的年轻女同事一走出影院，就哭喊着"我要去垦丁"。后来，这部台湾本土电影在大陆上映，也打响了垦丁在大陆的名头。

我最早去垦丁是在2001年2月，第一次到台湾驻点采访时就专程前往垦丁，最大的诱因，则是那座我在书本里看过很多次的鹅銮鼻灯塔。

台湾岛最南端有两个突出部位——鹅銮鼻和猫鼻头，从地图上看就像台湾岛往大海伸出的两只脚，因此被称为"台湾脚"。鹅銮鼻是太平洋和巴士海峡的分界点，清光绪八年（1882年）落成的鹅銮鼻灯塔，能见距离为2海里，是台湾光力最强的灯塔，有"东亚之

垦丁拥有丰富的旅游与酒店资源，是台湾首屈一指的度假胜地

光"的美称。

尽管灯塔的相关资料烂熟于心，但当我骑车沿着海滨公路来到灯塔前时，还是被它美丽的身姿所深深震撼。21米高的灯塔通体纯白，挺立在海天之中，蔚蓝无际的巴士海峡和太平洋仿佛只是它的衬底，所谓的"玉树临风""擎天一柱"莫过于此！

到了海滨，自然要戏水。许多游客来垦丁，主要是冲着在台湾数一数二的海水浴场而来。垦丁浴场海岸绵延千余米，湛蓝的海水轻拍着洁白的沙滩，沙滩边椰林成荫，风情迷人。我第一次去时是冬天，但下海游泳并不觉得冷。因为地处热带，所以一年四季总有"浪里白条"，技艺高超的弄潮儿还会在风头浪尖上玩冲浪。

不会游泳的人可以租借潜水器具，通过培训后进行浮潜和深潜，饱览海中绚丽多姿的热带鱼和摇曳多彩的珊瑚。浮潜要求很低，只要在教练的简单指导后就能掌握。深潜则必须进行一定的训练，否则会有生命危险。我几次去垦丁都步履匆匆，因此只能选择浮潜。趴在水面上，看着鱼儿游来游去，虽然"子非鱼"，却已"知鱼之乐"。

对于热衷研究地质和动植物的人，垦丁更是必游之地。垦丁地属热带气候，年平均气温24摄氏度，地质以珊瑚礁为主。三面环海北依山峦的地形，加上长达

通体洁白的鹅銮鼻灯塔

《海角七号》掀起的观影热潮，让许多影迷来到垦丁前往影片取景地"朝圣"（可小巫摄）

半年的落山风吹拂，造就了垦丁特殊的地形风貌和丰富的动植物资源。除了沙滩、崩崖、沙瀑、钟乳石洞等，还有茂密的热带雨林以及种类繁多的蝴蝶等昆虫。

位于恒春半岛东南端岬角的龙坑自然生态保护区最值得一看。这里综合了裙礁、崩崖、狭谷、陷坑等珊瑚礁海岸景观，海岸植物繁复，有许多特殊少见的滨海植物。如"滨斑鸠菊"，全台湾除了兰屿之外就只能在龙坑看得到；而花瓣只有一半的"草海桐"、有刺的"飞龙掌血"以及远从大溪地飘洋过来的"榄树"，都是龙坑特有的滨海植物。2001年"阿玛斯"号货轮在这里发生油污事件后，我到这里采访，看到整个珊瑚礁群被原油污染。虽然后来大部分被清除干净，但龙坑生态还是受到了严重破坏，真是令人顿足惋惜。

在垦丁众多的五星级度假酒店、小型旅馆和民宿中，我最喜欢的是夏都沙滩酒店，也就是《海角七号》中林晓培饰演的服务员工作的饭店。酒店设施齐全，下榻于此的房客们可以赤足或踩着拖鞋四处闲逛，或在专属沙滩上晒太阳、打排球，或在泳池里游泳嬉戏，或到海里劈波斩浪、划独木舟，或什么都不做，就在房间阳台上看着大海发呆。多年前我去住时，就觉得它的房价"有点小贵"，但物有所值。《海角七号》热映后，夏都房价水涨船高，但游客仍趋之若鹜。

夏都酒店前面，就是繁华的垦丁大街。长约百米的街道两边，商店、餐厅一家挨着一家，商店主要售卖T恤、拖鞋、泳衣和各式各样的纪念品。夜幕降临，

环岛看台湾

tip 1

即使冬天去垦丁，也要注意防晒。下海的话注意安全，不要随便尝试自己没有把握的冒险项目。

tip 2

交通拥堵是垦丁的「老大难」，每逢假日游客、车潮众多，进出道路有如北京CBD，「垦丁春浪」音乐节时更是车多成灾。不喜吵闹的人，最好选择非假日或淡季去垦丁。

垦丁

南仁湖

满州

海洋生物博物馆

恒春机场

大尖山

七孔瀑布

佳乐水

恒春

垦丁海滩

垦丁公园 社顶公园

风吹沙

夏都沙滩酒店

船帆石

台湾海峡

巴士海峡

鹅銮鼻灯塔

龙坑

最南点

太平洋

N

tip 3

尽管垦丁有往返区域内各风景点的公交车，很方便，但从垦丁大街到鹅銮鼻，建议骑自行车或摩托车，那种感觉真的很"拉风"。

tip 4

如果钱不够多或追求个性的话，可以选择住民宿，但尽量选择临海的，不临海感觉"真的有差"。

街上行人熙熙攘攘，大多着装鲜艳清凉、神态悠闲，喜欢看美女的人可在此大饱眼福，不喜欢的人可以在街上吃小吃、喝咖啡，买具有当地特色的纪念品。

每年4月是垦丁大街"塞到爆"的时候，因为一年一度的垦丁音乐节来了。"垦丁春浪"、"春天的呐喊"和其他小型户外演唱会接连登场，知名的音乐人、乐团和众多不知名的地下乐队加盟演出，三四天的时间里数万人涌入，把沙滩、浴场变成狂欢的大舞台，随着音乐节拍尽情摇摆，这时候的垦丁似乎就只有"音乐和啤酒"了。

我有"人潮恐惧症"，不喜欢凑这种热闹，但我派去采访的记者回来都告诉我说"真的很热闹，真的很狂热"，说话时，他们的脸上不知是因为激情未消，还是艳阳暴晒过度，泛着红光。

我却依然固执地怀念我在夏都酒店发呆的时光和在关山上看到的台湾八景之一的"关山夕照"。波涛轻涌，晚霞漫天，辉煌却又寂静，让我不由赞叹"夕阳无限好"，却一点没有"只是近黄昏"的感伤。

每个人都有自己的快乐，每个人都会在垦丁找到自己的快乐。正如范逸臣在《海角七号》中唱了两首歌曲，一首叫《无乐不作》，一首叫《国境之南》，有人喜欢前者的痛快淋漓，我却喜欢后者的温柔吟唱："如果海会说话，如果风爱上沙，如果有些想念，遗忘在某个长假，我会聆听浪花……"

蓝天、白云、水清、沙幼，垦丁让人只想把假期变得悠长、悠长

转角遇到
太平洋

　　"屏东是方糖砌成的城，忽然一个右转，最咸最咸，劈面扑过来，那海。"

　　这是著名诗人余光中作品《车过枋寮》中的诗句。我曾乘火车经南回铁路从屏东县的枋寮去往台东市区，也曾坐汽车从屏东的枫港到台东市区，火车、汽车在台湾岛的南端拐了个弯，转角就遇到浩瀚的太平洋。那一刻，我深深体会到了余大师遣词造句的精妙。

　　已有百余年历史的台湾铁路干线，由西部干线、南回线、东部干线、北回线构成环形交通，连接着本岛大多数风景名胜和主要城区，因此搭台铁列车周游本岛是不错的选择，如果向台湾铁路管理局（台铁）购买环岛铁路周游券，则更加价廉物美。

　　在这条环岛大动脉上，枋寮—台东的南回铁路全长虽然不到100千米，却堪称最精华的一段，也是地球上最美丽的铁路线之一。南回铁路1991年建成通车，是台铁环岛线的最后一段，也是修建时最为艰苦的一段。全线共修筑桥梁100多座，隧道35座，最长的隧道达8070米。这样的线路设计，使得乘坐南回列车成为一趟奇妙的旅程。不仅能欣赏两侧的青山峻岭、碧海汪洋，更能感受列车穿山越岭，山、海频繁变换有如蒙太奇。因此，当列车抵达台东站时，许多旅客往往仍沉醉其中，意犹未尽。

　　2007年5月，我搭乘的"自强号"列车刚驶出枋寮站，很快就能在右边看到台湾海峡，但映入眼帘的只是山峰与山峰之间的一片海

tip 1

台湾铁路已公交化，火车依快慢分为普通车（区间车）、『复兴号』、『莒光号』、『自强号』和『太鲁阁号』，乘客可依游览时间、经济能力和旅游目的地进行选择。

tip 2

台东海滨一日游路线为台东市→小野柳→成功渔港用餐→三仙台，然后返回台东市，也可前往花莲，沿途看北回归线标志、秀姑峦溪入海口，还可选择靠近海边或都兰山上的民宿住宿，第二天一早看太平洋上的日出。

火车抵达枋寮车站，宣告美妙的旅程即将开始（可小巫摄）

吃小吃可以到传广路上的卑南猪血汤台东店，喝驰名的猪血汤，但太早太晚都不行。早上十点才开门，晚上八点就卖光打烊了。也可以去正气路上的老字号「老东台」，品尝当地人吃了几十年的「米苔目」记得要点上一两盘隔壁的林记臭豆腐。他们家的臭豆腐外皮酥脆、里头香嫩，确有独到之处。

台湾高速铁路往来于台北和高雄之间，停靠板桥、桃园、新竹、台中、嘉义、台南、高雄（左营），最快全程只需一个半小时，但高铁站大多与市区还有一段距离，要靠公交车、出租车接驳。

水。半个小时后，列车开出中央山脉尾部的群山，刚过台东县大武站，波涛壮阔的大海就"劈面扑过来"。不！"扑过来"的不是"海"，而是一望无际的太平洋。随后的40分钟里，火车与右侧近在咫尺的太平洋似乎谁也不让谁，不断上演着交叉赛跑的好戏。

到了台东，就到了台湾的"后山"。台湾本岛主要有两条山脉，居中是贯穿南北的中央山脉，靠近太平洋的东部海滨则是从花莲延伸到台东的海岸山脉。两条山脉之间，就是以物产丰饶、景色优美著称的花东纵谷。

台湾地区主要人口、工业、商业等优势资源集中于西部的平原地区，中央山脉以东的花莲、台东两县为大山所阻，在多数台湾人的认知里，是偏僻的"后山"和落后的农业县，尽管有好山、好水，但也"好无聊"。不过随着亲近自然的"慢活"新时尚的兴起，花东纵谷、东海岸因为有着纯净的空气、壮丽的风光，转而成为台湾人休闲旅游的新宠，在我看来，比阿里山、日月潭更让人心旷神怡。

台东旅游的精华，我归纳为"一横二岛三仙台"。"一横"指的是从台东到高雄的南横公路；"二岛"指的是台东的两个离岛绿岛、兰屿；"三仙台"则是位于台东县成功镇东北方的著名海蚀地貌景区三仙台，原名PiSiLiAng，意为"养羊的地方"，是台湾世居少数民族阿美人以前放羊、采海菜、捞螺、捕鱼的地方，阿美人将羊群赶到岛上，让海水阻挡羊群乱跑。岛上由于风化海蚀，遍布奇

中

央

山

脉

台东

中部

东

丰滨

长滨

新港渔业大楼

八拱跨海步桥

成功

三仙台

成功渔港

东河

太平洋

小野柳

台东市

海

岸

太麻里

大武

达仁

N

游人沿着栈道行走在三仙台的绿色中

形怪状的岩石，其中有三块巨石被后人牵强附会为八仙中的吕洞宾、李铁拐和何仙姑三位仙人，因此有了"三仙台"之名。

　　三仙台原是伸入海中的一处岬角，地质上属于火山集块岩，因不堪海水长年侵蚀，岬角颈部中断，因而成为离岸之岛。过去游客如想登岛，只能在退潮时涉水而过。1987年，八拱跨海步桥建成，将三仙台和台湾本岛连接起来，不仅使登岛变得便利，也成为台湾东部海岸风景区著名的地标。

　　尽管我之前多次在画册上看过八拱跨海步桥，但第一次实地看到，还是为之一震。长约400米的步桥拱拱相连，远观像一条巨龙游向汪洋，又像海天之间一条起伏的优美曲线，给三仙台景区增添别致韵味。

　　走在桥上，海风劲吹，游人一边观赏风景，一边不忘用手扶着遮阳帽。我的台湾好友胡声安第一次到三仙台，站在桥上看风景时，一不小心，遮阳帽、眼镜都被风吹跑了。所以，这次重来时，他一手把鸭舌帽摘了下来护于怀中，一手一路护着眼镜。

　　走过八拱桥，就是三仙台岛。全岛面积约22公顷，沿着木栈道，慢慢走下来不到1个小时就可以环岛。岛的四周，环绕着黑色的珊瑚礁，强烈的风化和海蚀，使它们变得奇形怪状，妙趣天成。除了海钓客和游客，三仙台基本是一个无人岛，因此岛上处处可见林投、台湾海枣、白水木等滨海植物，在石缝和海沟边开

　　　　　　　　　　　　　　　　　　　　　　　　　　　　　　环岛看台湾

台东和花莲之间有铁路相通，开车则有台11、台9两条公路可供选择。前者可以饱览花东纵谷的美丽景象，后者可以感受驱车与太平洋赛跑的快感。如果想『鱼与熊掌兼得』，可由玉（里）长（滨）公路穿越海岸山脉，畅游花东纵谷与东海岸的山水美景。

建议有大陆驾照者，到台湾前预先办理好第三地签发的国际驾照。在花莲、台东机场均可方便租到轿车或SUV，自驾的自由与快乐，不是乘车所能体会。在台湾本岛，和运等大型租车公司均能实现甲地（如台东）租车乙地（如花莲）还车，非常方便，收费也算合理。

无论从哪个角度看八拱桥都很漂亮

小野柳的怪石：蜂窝岩（左）和豆腐岩（右）

着小小的花朵，透着没心没肺的纯真。

　　三仙台周边，燕鸥等海鸟在大洋之上自由翱翔。岛的南端到基翚一带海域，有珊瑚礁和热带鱼群，是花东海岸线海底景观最美的地方之一。由于时间的关系，我没有潜入海中，也没在三仙台看日出，据说都是顶级的视觉飨宴。

　　由三仙台返回台东市的途中，我们拐进了另外一个海蚀地貌景区——小野柳。它位于富冈码头北方海滨，分布着蜂窝岩、龟阵岩、单斜脊、豆腐岩、蕈状石等各种奇岩怪石，因景观类似北海岸的野柳而得名。

　　小野柳的豆腐岩惟妙惟肖，在我看过的台湾海蚀地貌中最为逼真，胜过新北市的野柳和宜兰县南方澳的豆腐岬。不过在数量和块头上，小野柳的蕈状石和野柳的没法比，而且在整体景观和景区设施上，小野柳与野柳也相去甚远。

　　但如果对地质有兴趣，没有去过野柳，又对"豆腐"情有独钟的话，小野柳还是值得一游的，何况这么一人片太平洋边的海蚀景观是免费开放的，天气晴好时，还可以远眺18海里外的绿岛。

　　游完三仙台和小野柳，可以选择到成功渔港吃海鲜，好吃又不贵，也可以返回台东市歇息。台东市是一个普普通通的小县城，有时间的话可以参观台湾史前博物馆，了解长滨文化、卑南文化等台湾史前文化。

台东美丽的海岸线很像五线谱，奏响的同样是优美的乐章

花莲：
"最后的净土"会黏人

　　400多年前，葡萄牙水手千里迢迢航行到太平洋西岸，远眺到一座翡翠般的岛屿，崇山峻岭，林木青翠，不由赞叹道 "Ilha Formosa!"（葡语：美丽之岛）。这就是台湾别称"福尔摩沙"的由来。

　　"福尔摩沙"这个词，近几十年来在台湾一些持"台独"分裂立场的政客和媒体的刻意操作下，沾上些许"台独"色彩。实际上，据考证，被葡萄牙水手誉为"福尔摩沙"的岛屿，并非只有台湾一个。况且，不同于中国人的字斟句酌，西方人热情奔放，从来不吝赞美，"Great""Perfect"之类的词不可不信，不可全信。"台独"人士自认"福尔摩沙"独此一家别无分店，未免自作多情了。

　　花莲县政府和当地旅游业者都告诉我说，当时葡萄牙水手看到的就是今天花莲一带的海岸。花莲是台湾地域最大的县市，境内工业极少，好山好水好空气，被誉为"台湾最后的净土"。好水浸透着花莲这片富饶的土地，培育出地瓜、芋头、花生、大米、蜂蜜等有机农产品；而阿美、卑南、布农、排湾、太鲁阁等多个世居少数民族，又让花莲有了缤纷多姿的山地风情和民族文化。十年来，我记不清去过几次花莲了，2011年5月，我又到花莲进行深度游，一路游来，处处惊艳。倘若单就花莲的景致而言，"福尔摩沙"绝非溢美之辞。

　　花莲之行的第一站，自然是当地最负盛名的景点太鲁阁公园。在"台湾八景"中，太鲁阁就占了两景："鲁阁幽峡"和"清水断崖"。

"太鲁阁"是台湾世居少数民族的语言，意为"伟大的山脉"。太鲁阁峡谷全长约20千米，主要是大理石岩层经千万年地壳隆起、河流下切和沉积而形成，长春祠、燕子口、大断崖、九曲洞和天祥等主要景点，大致分布在台湾中部横贯公路沿线。

　　乘车沿中横公路蜿蜒而上，一侧是鬼斧神工的悬崖峭壁，另一侧是水流湍急、清澈见底的幽深溪谷，让人看了惊心动魄。峡谷两侧山峰夹峙，最窄处不过二三十米，人在公路上仰视，只见一抹蓝天。文人骚客喜欢将太鲁阁峡谷与长江三峡相媲美，写下这样的诗句："两山耸峭接云乡，涧谷浑浑曲径长。倘听猿啼与虎啸，将疑行脚到瞿塘。"

　　行至燕子口，只见陡立的悬崖上小洞累累，燕子以此为巢，盘旋空谷，呢喃声不绝于耳。在燕子口步道，每隔一段距离就有"小心滚石"的警示牌。太鲁阁公园管理处在这里设立了多个监测点，工作人员每天都要严密监视地质变化，现在游客到燕子口，都被要求戴上安全帽。在最为壮观险峻的九曲洞景区，因2010年苏花公路发生大陆游客严重伤亡事件而被暂时关闭了。

　　如果不穿越中横公路（后文有专章介绍），太鲁阁峡谷之行的终点是天祥村。这片开阔的谷地原为台湾世居少数民族太鲁阁人的住地，名为"太比多"，后为纪念南宋名臣文天祥而改名。这个幽静的小山村，现在是太鲁阁公园管理处办公地所在，并建有一家台湾知名的峡谷酒店——天祥晶英酒店。入住的话，可以在酒店的天台游泳池畅游，仿佛游弋在溪谷之中。不入住的话，游人可在远处瞻仰文天祥的塑像，背诵一遍《正气歌》，也可以游览蒋经国为怀念母亲而命名的慈母桥和附近的寺庙、佛塔，暂时放松一下如山势般严峻的心情。

　　在中横公路开通之前，太鲁阁有一条穿越中央山脉的崎岖小径，其中一段现在被开辟为"绿水—合流登山步道"。太鲁阁人原先住在中部的南投县，17世纪初期翻越奇莱北峰，东迁到立雾溪流域，目前人口约2万余人。族人骁勇善战，不屈不挠，曾经用弓箭和长矛与日本侵略者整整对抗了18年。在这条步道的途中，就有一处坟墓，里面埋葬着一名当年对太鲁阁人犯下罪行的日本侵略者。当地人告诉我，县政府之所以把墓地保留下来，就是为了让后人记住这一页可歌可

日夜繁忙的花莲港是台湾主要商港之一

泣的抗日史诗。

由天祥再往里深入到布洛湾台地上，有一个群山环抱之中的度假饭店——立德布洛湾山月村。我是于黄昏时分，在霏霏细雨（山月村似乎天天都会有雨）中抵达的。拿到太鲁阁勇士弯刀形状的房间钥匙，穿过大堂，豁然开朗，十几栋深咖啡色小木屋呈弧形分列于大山密林与茵茵草坪之间。我和同行者都不由发出惊叹：这哪里是一个饭店，简直就是遗世而独立的桃花源！

晚餐是在一声"开饭啰～"的吆喝中开始的，自任"村长"的经营者郑明冈和十几个太鲁阁族服务员热情而腼腆地招呼着客人。除了用剥皮辣椒、"过猫"等野菜、土鸡等山地食材做成的原住民菜肴外，饭店还在大堂门口现烤山猪肉和地瓜，台湾少数民族都喜欢喝的小米酒则要倒在小山猪造型的小酒杯中，只能与"山猪"亲嘴才能畅饮。现烤的山猪肉香味扑鼻，而烤地瓜则最好连皮一起吃，软糯甘甜，堪称人间美味。

晚上8点20分，全"村"熄灯，一片漆黑，为的是"强迫"所有住客参与饭店的晚会。晚会平常在户外表演区举行，但我去的当晚下着雨，就改到活动中心里举行。在我应邀点燃火把之后，晚会开始了，演员除了酒店的服务员，就是附近部落的村民和学生。

太鲁阁人能歌善舞。山月村的服务人员除了总经理郑明冈是汉人，其他清一色是太鲁阁人。不论是烤地瓜和山猪肉的青年、整理房间的大妈，还是洗碗工的

太鲁阁公园

清水断崖

九曲洞

海

花莲市

岸

远雄海洋公园

东

太平洋

瑞穗牧场

公

纵

北回归线标志

路

谷

N

花莲

tip 1

花莲对外交通便利，从台北飞到花莲大约半小时，也可乘火车由台北、台东到花莲，台北到花莲『自强号』只需两小时，『太鲁阁号』则稍快一些。

tip 2

花莲客运有开往布洛湾的班车，可在花莲或天祥搭乘，在布洛湾站下车步行可到山月村。观赏山月村晚会表演后，最好给参演的小朋友小费，因为一半会给他们本人，另一半则会作为基金，用于对太鲁阁地区的原住民朋友扶危救难。

女儿、收银员的叔叔，各个都身怀绝技。刚才还在烤山猪的小弟说"我给大家唱首歌吧，反正唱什么大家也听不懂"，结果一张嘴就是天籁之音。我们在大笑之余，不断鼓掌叫好。

台湾少数民族有着天生的幽默感和随遇而安的好性格，所以晚会的节目安排得很随兴，哪个服务员忙完有空就哪个上场，业余演员也难免会出现舞步不一致等状况，但气氛轻松而温馨，正应了一句台湾著名的广告语"天然的尚（闽南话，意为'最'）好"。

晚会结束后，回到小木屋。房间里的电视看不到几个频道，只能在蛙鸣雨声中早早入眠。第二天早早醒来，推开房门，顿时被眼前的美景惊呆了：山峦环抱，绿草如茵，洁白的云雾中露出湛蓝色的天空和青翠的山峰，在木屋的走廊里边喝着咖啡，边看瞬息万变的山岚缥缈于蓝天与青山之间……山月村真是一个连发呆都很享受的地方。

依依不舍地离开时，我特意买了一本饭店摆卖的书籍《旅行到部落》，为山月村发起的"山月村原住民关怀基金"做点小小的贡献。

从峡谷中返回到中横公路的花莲入口，直奔清水断崖。"过了清水崖，险处不须看"，此言不虚。远远望去，公路像盘在悬崖上的纤细腰带，上摩危岩，下临大海，令观者不寒而栗。

上图·太鲁阁峡谷水不深，但清澈而湍急
下图·游客走在石壁凿出来的道路上，既能叹服于大自然的鬼斧神工，
也能感受当年开路老兵愚公移山一般的坚毅

花莲的世居少数民族能歌善舞，热情好客，总是能让游客与他们一起载歌载舞，分享快乐

tip 3

花东纵谷尽管有便利的火车和公路客运，发车密集，可以停靠主要景点，但最推荐的还是自驾游，部分路段也可以骑乘自行车。在太鲁阁峡谷，步行是最棒的选择。

　　清水断崖号称世界第二大断崖，前后绵延达20多千米，是宜兰苏澳到花莲的苏花公路最为险峻的一段，几乎以垂直的角度插入太平洋，高度均在300米以上。其中，清水山附近的断崖高出海面800余米，崖下就是浩瀚的太平洋。一路走来，虽然战战兢兢，却能看到举世罕见的美景，所以苏花公路也被誉为"台湾最美的公路"。

　　但是，由于周边环境的脆弱，这条公路自开通以来，事故不断，2010年更发生大陆游客重大伤亡的不幸意外。事故发生后，为了保障安全，大陆旅游团进入花莲全部改乘火车，台湾有关部门目前正在进行苏花公路的加固和扩建工程，要想看沿途"危险的美景"，还要等上几年。

　　浩瀚的太平洋，让花莲的美景有了无限的延伸，也诞生了一个特色旅游项目——赏鲸豚。我2011年5月的花莲之行，最期待的行程就是到附近的海域观赏鲸鱼和海豚。前两天，我和同伴们都忐忑不安，因为一个台风正向台湾奔来，如果天公不作美，就只能像以往一样抱憾而归。

　　等到第三天，天空一扫阴霾，海上风平浪静，我们终于如愿乘坐花莲县休闲旅游协会理事长邱锡栋经营的赏鲸船，驶向太平洋。在茫茫大海中，望眼欲穿地寻觅鲸豚的踪影。航行1海里远后，船的前方和两侧出现成群的长吻飞旋海豚。这些哺乳类动物灵性十足，一看到船只就像发现玩物一样，立刻靠近船的四周，与我们飚速度，有的还兴奋地跃出水面，做出不亚于跳水运动员的高难度动作，旋

tip 4

合家同游的话，推荐到远雄海洋公园、新光兆丰农场、立川渔场，这几个地方都适合『亲子游』，小朋友会比较兴奋。但到农场的话，注意穿着长袖上衣和长裤，因为那里蚊子很多，很『爱人』。

tip 5

花莲既有远雄悦来、理想大地这样景致一流的高级度假饭店，也有全台湾数量最多、选择最丰富的民宿，最适合『背包族』和有闲阶层。我住过的『爱上不老海洋』民宿位于花莲市区边缘，只有5个房间（台湾规定民宿最多不能超过5个客房），卫生设施齐全，房间布置温馨，在阳台上可以眺望太平洋。

海豚的出现吸引了游客争相拍摄

tip 6

花莲的七星潭适合骑乘自行车漫游，记得留下来看太平洋上的星空；而在鲤鱼潭环湖骑自行车，或在湖上划独木舟，都是很享受的。秀姑峦溪则适合溯溪漂流，体力不佳者不建议选择。

tip 7

考虑到海上风浪，花莲的赏鲸豚旅游只在每年4月到10月办理。如果有晕船经历的，最好在出海前先吃晕船药，太平洋可不是『小海』。记得带上好点的相机，否则肯定拍不到好的鲸豚照片。

转着再钻入海底。"各位乘客：船长现在报告紧急状况，我们被海豚包围啦！"邱锡栋打趣地说，引来我们一阵欢笑。

长吻飞旋海豚刚走，身形更庞大的瓶鼻海豚又来与我们亲密接触。瓶鼻海豚游得离船体更近，一段时间里，它们甚至紧贴在船的两侧，仿佛与我们并肩前行。大家随着海豚的时隐时现，有节奏地欢呼着、尖叫着，就连刚刚晕船吐得不行的人，也挣扎着站起来拿起相机一通猛拍。

我的这趟行程没有看到鲸鱼，但看到了形体硕大的曼波鱼。为了避免太过惊扰海上的生灵，赏鲸豚一般全程只有两个小时。上岸之后，如果还意犹未尽，可以到台湾第一座海洋主题公园——远雄海洋公园观赏曼波鱼、魟鱼、海狮、海星等生物和精彩的海豚表演，并与海豚亲密合影。

我尽管多次去过花莲，实际上还有很多的地方未曾涉足。每次旅程结束，又会计下再来的心愿，这正印证了常常被用来描述花莲的一句话："花莲的土是黏的，只要来过的终将再来。"

礁溪：
泉水叮咚"温柔乡"

"天冷了，泡汤去吧。"这是每当寒意袭来，我在台湾期间最常接到的邀约之一。所谓"泡汤"就是泡温泉，小小的台湾岛有多达128处温泉，除云林、彰化之外，本岛其他十多个县市都有温泉，是全世界温泉密度最高的地区。有这样得天独厚的自然条件，加上中国传统文化和日据时期的影响，泡汤就成为台湾最流行的生活方式之一。

台湾有阳明山、北投、关子岭和四重溪"四大名泉"，其中台北市就拥有阳明山、北投两大"名泉"，但很多台北人却宁可舍近求远，跑到宜兰县礁溪乡泡汤。原来礁溪不仅有美人汤，还有美食，价廉物美，而且在雪山隧道通车后，从台北市信义区开车过去不到一个小时的车程，便利得很。

礁溪是台湾知名的温泉乡，温泉分布范围将近1.2平方千米，早在清代就以"汤围温泉"驰名，被列为"兰阳（宜兰别称）八景"。从日据时期开始，温泉旅馆逐渐成为礁溪的主导产业。

不过，这个温泉乡还伴随着"温柔乡"的另外一层含义。台湾朋友告诉我，20年前说起去礁溪，旁人会报以异样的眼光。那时，礁溪艳帜高张，遍地都是"酒番"文化。"酒番"是个日本舶来词，指的是娼馆、酒家里喝酒吃菜的饭局，有女侍坐台陪侍，还有"那卡西"乐团奏乐助兴。一些台湾男人到礁溪泡汤，免不了拈花惹草。后来台湾当局大力整饬，礁溪色情业"鸡飞蛋打"，渐渐销声匿迹。

如今礁溪虽然"美人"基本不在，"美人汤"却更负盛名。礁溪

因地质复杂，雪山隧道整整修了13年，是台北与宜兰之间的交通要道

温泉属碳酸氢钠泉，是相当稀有的地表水平地温泉，酸碱值约在7左右，涌到地表时温度约为58℃。当地业者骄傲地告诉我，世界上除意大利之外，只有礁溪温泉是唯一含有"酚钛矽"成分的温泉，可以美容养颜。此说我至今未予考证，但礁溪的温泉无色无臭，不像北投温泉有股微臭硫磺味。唐诗"温泉水滑洗凝脂"说的是资深美人杨玉环，但本人泡过礁溪的"美人汤"后确实感觉皮肤细嫩滑溜了许多。

到礁溪泡汤，有"乱花渐欲迷人眼"之感，因为当地的汤池实在太多了。从礁溪火车站或客运站一出来，就是狭长的温泉街，沿路是大大小小的温泉旅馆，档次不一，丰俭由人，许多旅馆还开设了SPA、岩盘浴等"增值服务"。

如果荷包充足的话，还可去礁溪老爷大酒店。"老爷"是台湾一家老牌连锁豪华度假酒店，礁溪老爷酒店开业于2005年，不仅建筑走日式和风，服务员也大都身着和服待客。酒店的每间客房都有独立的观景阳台与桧木浴缸，透过客房中的大落地窗，可以远眺兰阳平原沃野平畴的美丽风光。酒店还有一座与海相接的户

台湾的温泉饭店内部设计大多走东洋风，礁溪和风饭店时尚馆的温泉别墅就充满日式禅风。（礁溪和风饭店提供）

斌华提示

从台北去礁溪可搭乘台铁东部干线于礁溪站下车，也可从台北市府转运站搭客运大巴前往，票价都很便宜，而且发车频率很高，返程也很方便。不过最好平日去，因为周末及节假日连接台北和宜兰的雪山隧道极易塞车。

tip 1

外温泉池，浸泡其中，可以聆听蓝天、大海与温泉的亲密对话。

如果觉得"老爷"太贵，街上有诸多平价汤池可供选择，甚至还有一处免费"泡脚池"。"泡脚池"位于礁溪德阳路、仁爱路的汤围沟温泉公园一带的温泉小溪。有一次，原本我要去已经预订的饭店泡汤，路过公园一时兴起，脱鞋挽起裤管坐在溪边的石阶上泡脚。身边大多是其乐融融的一家老小，溪边还有街头艺人表演。虽然泉水不太清澈，但这不正好应了"沧浪之水浊兮，可以濯吾足"吗？

泡汤很容易消食，肚子空空之时，正宜品尝礁溪特产"温泉菜"。温泉菜是以碳酸泉灌溉而成的空心菜、茭白、丝瓜等，即使经过热炒，颜色也不会变黑，保持了蔬菜的翠绿。我每次去礁溪，都会吃那里的温泉蔬菜，不仅菜色清新，吃起来也是清脆爽口，略带甜味。

以"宜兰鸭"为主材的卤味，是礁溪乃至全宜兰的另一美味。"卤之乡"、"鸭喜露"、"鸭对宝"、邱涌峻等宜兰卤味名店，在礁溪都有总店或分店，店里卖的卤鸭翅、鸭胸骨、鸭肠等，风味独特，吃后齿颊留香，吃了还想再吃。

三星乡出产的青葱葱白茎长、汁水饱满、香味浓郁，以三星葱为原材料做成的油饼誉满全台。在礁溪，大街上任何一家贩卖三星葱油饼的摊前，都可见到排队长龙。根据台湾小吃美味指数与排队人数成正比的法则，跟着人多的买，准没错。

tip 2

泡汤不宜一次浸泡太久，特别是心脏位于水下的时间最好不超过一刻钟。建议选择裸泡。如果是着泳装，最好选穿普通泳衣，因为高档泳衣容易糟践了。

tip 3

礁溪有不少伴手礼。台湾『农业委员会』评出的2010年台湾十大旅游『伴手礼』中，礁溪的温泉米粉、三星葱海味脆片分别拿下冠军和季军。除此之外，这里的奶冻、聪明饼（一种葱饼）、牛舌饼、鸭赏也不错。

如果这样还不满足，可搭乘火车或汽车，20分钟就到东台湾人气第一的夜市——罗东夜市，夜市里各种小吃琳琅满目，足可让你大快朵颐。愿意看海的，则可从礁溪出发到邻近的龟山岛，登上这个神秘小岛并在附近海域观赏鲸豚出没。

礁溪就是这样一个地方，很小，却让人很容易获得平常而温暖的满足。

台湾的大型温泉饭店大多设有温泉游泳池。图为两名台湾女孩正在温泉游泳池里享受悠闲时光（礁溪和风饭店提供）

野柳:
造物爱人亦弄人

"有一个美丽的传说,精美的石头会唱歌。"这首脍炙人口的歌曲唱的是木鱼石的传说,在现实生活中,位于新北市的野柳地质公园,就是一个石头会唱歌的地方。

我知道野柳是从中学地理课本中看到的"女王头"图片开始的,因此,在我十多年前对台湾还一知半解的时候,野柳就排在我最想去的台湾景点第三名,仅次于阿里山和日月潭。后来终于踏上台湾的土地,十年间去了好几次,都是为了去看女王头。

女王头是野柳的标志。它是一块蕈状岩,在地壳抬升的过程中,因受到海水侵蚀和风化,于20世纪60年代形成今日的面貌,从某一角度看,与英国伊丽莎白女王头像惟妙惟肖,因此得名。

几十年来,女王头高扬于台湾本岛的北海岸,在碧海蓝天之中显得美丽而高贵,却又带着一点凄清与孤独。记得我第一次走到它的跟前,仔细观赏之下,深深感佩大自然的鬼斧神工,不觉想到一句古诗:"北方有佳人,遗世而独立。"后来知道若以女王头的高度与台湾北部地壳平均上升速度相比来推算,"她"的芳龄已近4000岁时,又不由哼出《北京一夜》中的歌词:"我已等待了千年,为何良人不回来?"

女王头给野柳这座岩石博物馆增添了人情味,也让野柳成为举世闻名的地质奇观,现在更是大陆游客来台的必游景点。关于"野柳"地名的由来,说法很多,我比较采信"平埔族社名之音译"的说法。这地方名字怪，地形地貌更怪，游人越来越多，台湾有关部门于是设立了野柳地质公园，以加强管理、保护。

野柳地质公园的精华在于野柳岬。从公园入口到海岬的末端，长约1700千米，最宽的地方不到300米。这样一个不大的范围内，奇岩怪石遍布，地形地貌多变，好比一部天造地设的地质学活教材。

按照园方的划分，野柳地质公园大致分为三个区。第一区是蕈状岩（上部是粗大的球状岩石且呈蜂窝状，下方是较细的石柱伫立，外观酷似磨菇）、姜石（表面类似老姜根节的纹路，色泽灰中带黄，像做菜常用到的老姜）的主要集中区，在这里可以看到蕈状岩的发育过程，以及海水侵蚀形成的壶穴与溶蚀盘，最具代表性的怪石是烛台石。第二区堪称野柳的中心，因为女王头就位于这个区域。虽然还是以蕈状岩、姜石为主，数量也比第一区少，但造型更为奇特，有龙头石、金刚石、象石、仙女鞋和花生石等"名石"，是游人摩肩接踵、最常留影的地方。要与"女王头"合影，需耐心排队，并迅速按下快门。第三区是位于野柳另一侧、比第二区狭窄的海蚀平台。平台一侧紧贴峭壁，另一侧紧邻大海，水急浪高。在这里除了能看到二十四孝石、珠石、玛伶鸟石等怪石外，还可以在岩壁中看到大叶山榄、苎麻、台湾海枣、林投等台湾海边常见的植物。附近的海面上，常常能见到白头翁、小白鹭、岩鹭等鸟类。我有一次去野柳，还在海边的斜坡上，看到极为稀有的候鸟——以毛色艳丽著称的戴胜。

三个区一路游览下来，大约两个来小时。虽然岩石千奇百怪，让人叹为观止，但女王头还是最让我惊艳。可是，正应了那句老话"木秀于林，风必摧之"，野柳地处亚热带，气候温和且潮湿，一年之中约有半年的时间处在强烈东北季风吹拂之下，加上海浪侵蚀、日晒雨淋，岩石面临着严峻的生存危机，地势较高的"细颈形"蕈状岩最有可能断头或倒塌。

就在我写这篇文章的当天，台湾媒体纷纷报道野柳地质公园里，一年只有干潮的18天才能看见的"金钱豹"怪石的"豹子头"已经不见了，怀疑是在去年被暴浪冲断。而2008年测量出女王头的颈围最细的部分只有138厘米，随着时间的流逝还会越来越细。尽管园方很早就禁止游人靠近触摸，也对它采取了

tip
3

野柳地质公园游客中心提供婴儿车和轮椅，带幼童或行走不便的老人同游的话，可以借用。

tip
4

台湾北海岸附近的潮间带盛产石花菜（又称『寒天』），野柳地质公园出口处的特产一条街，有多个商家售卖用这种海藻制成的石花冻，炎热的天气畅饮一杯，消暑解渴。特产街里也贩卖吻仔鱼干、鱿鱼干等海货制品，可适当选购。

tip 1

1964年，野柳曾发生一起大学生失足坠海溺毙的意外，近年也传出多起游客因过于靠近海边而掉入海中的事件。因此，请务必遵守园区内各项警示标志与标线，切勿跨越红色标线，以免被溅起的海浪弄湿或被卷入海中发生不幸。

tip 2

野柳的地质状况非常脆弱。为了让后代子孙能观赏到野柳的奇景，请勿对园区中的蕈状岩、姜石、结核等地质景观『动手动脚』，更不要攀爬。

野柳海岸

台北市、新北市、基隆市到野柳均有公路客运，班次频密，在野柳站下车后，循路牌指引，步行约十分钟即可到达野柳地质公园。

tip 5

tip 6

如果安排一日游或海滨游，可按如下路线：野柳→金山海滨公园→金包里老街（午餐）→跳石海岸→石门洞→麟山鼻→白沙湾→三芝→淡水，金包里老街就有我之前提到的『金山鸭肉』，不仅好吃不贵，还可以享受与数百人抢着吃的热闹与快乐。如果喜欢文化艺术和宗教的话，也可以将野柳与法鼓山、邓丽君墓园、朱铭美术馆甚至九份、金瓜石，规划成一条路线。

一些"延年益寿"的保护措施，但"女王"香消玉殒是迟早的事。园方2010年已经未雨绸缪，遴选出一块名为"野丫头"的怪石，准备作为"女王"的继承人。

也许有一天再到野柳，就看不到"女王头"了。我想我会感伤，但也会很快释怀，因为有生就有灭，造物既曾爱人，也必会弄人。

tip
7

大陆某游客曾在野柳刻字留念，引发两岸舆论批评，希望大家引以为鉴。

惟妙惟肖的烛台石

游客行走在一只只"蘑菇"间

"我们是东海捧出的珍珠一串／琉球是我的群弟／我就是台湾／我胸中还氤氲着郑氏的英魂／精忠的赤血点染了我的家传……"

这是闻一多先生的组诗《七子之歌》中的"台湾"篇。没有历史的情意结，就不会有如此多的大陆人向往赴台游。百年前的分离，半世纪的隔绝，台湾，有着太多让我们陌生的历史印记。

"所有的历史都是当代史。"我们厘清历史，是为了超越历史。

历 史 的 印 记

庭院深深
锁"少帅"

　　"少帅"这两个字，在中国近现代史上，只属于一个传奇人物——张学良。这位曾经统领30万大军、贵为中华民国陆海空军副总司令、叱咤近代风云的少帅，从踏上宝岛台湾的第一天起，就被囚禁，开始长达半个世纪的幽居生涯，晚年尽管重获人身自由，却仍然是许多人不敢亲近的"犯过错误的人"。

　　张学良在台湾被软禁的地方，时间最长、最为人知的有两处：新竹县的五峰乡清泉部落和台北市的北投复兴岗。如今随着大陆居民赴台旅游的开放，逐渐成为吸引大陆游客的新景点。

　　1936年12月12日，张学良与杨虎城对蒋介石发动兵谏，逼蒋联共抗日，上演了震惊中外的"西安事变"。在西安事变和平解决后，12月25日，张学良亲自护送蒋介石乘坐飞机回南京，当月31日，军事法庭判处张学良有期徒刑10年，褫夺公权5年。翌年1月4日，张学良获得特赦，但"仍交军事委员会严加管束"，从此失去自由。

　　1946年，张学良和伴侣赵一荻（赵四小姐）一起被从大陆转到新竹县五峰乡清泉部落的"井上温泉疗养所"幽禁，在特务的严密监视下，度过了13年寂寥凄苦的山居生活。

　　2008年12月，我应新竹县政府的邀请，从新竹县竹北市出发，沿着蜿蜒曲折的山路，穿过狭窄到仅能一车通行的隧道，花了将近两个小时的车程，才抵达清泉。其实，张学良真正的故居，1963年已被台风引发的泥石流冲毁。看好大陆游客来台的商机，2004年，新竹县政

科學展故居前的吊橋

府着手进行周边治山防洪、河川整治和道路工程等建设，并于2008年7月斥资800万元新台币，依据旧照片呈现的房屋大小及格局，在遗址附近重建了张学良故居。

复建后的故居，是一栋占地约150平方米的日式黑檐平房，坐落在山林小溪之间。房外是张学良夫妇并肩站立的铜像，两株多年前种在清泉驻在所（派出所）门前的桂花树也被移植到房前。房内，两人当年生活起居的物什（部分为复制品）历历在目，藤椅、茶桌、缝纫机、书架、闹钟……搭配由张学良两位侄女提供的500多张旧照片，以及当年报道张学良幽居生活的报纸，默默述说着这位虎落平阳的少帅在深山老林间度过的幽禁岁月。

保密局（前身为军统）少将刘乙光带领一个编制约20人的"专勤组"专门看管张学良，但在看管之下的张学良，除了不能离开此地和与外界接触外，行动起居还算自由，生活也维持在一定的水平。"'少帅'是一个非常亲切的人，常常在河边跟我们一起吃点心、嬉水。"新竹县的退休教师赵正贵告诉我说。

当时，赵正贵还是一个小学生，他的父亲赵旺华是清泉驻在所主管，参与看管张学良。在赵正贵的回忆里，张学良亲切、随和，"喜欢散步、打网球、泡温泉，有时候也会练练太极拳，更多的时候是在钻研明史，想要到大学里当老师"。

当地人告诉我，张学良和赵一荻在清泉的生活很简单，平时除了读书，还会自己种菜，出身富家的赵一荻也学着养鸡、缝衣服。"当时对他的监视是非常严密的，通往街道的大桥两边都有岗哨。他到街上的弹珠房看热闹，和乡亲聊天，也会马上被警告。"

新竹县的文史工作者还告诉我一段秘闻，张学良在这里幽禁时，曾托人送蒋介石一块金表，隐晦提醒蒋介石"被管束的时间该到了"。结果，蒋介石回赠张学良一支钓竿，暗示他"慢慢等吧"。此说未经史家证实，但当地人言之凿凿。

曾经新竹人眼中的"要犯"，如今成了新竹县发展观光的资产。2008年12月12日——西安事变72周年纪念日，这处故居正式对外开放，台湾当局领导人马英九出席了仪式。当时的新竹县长郑永金在接受我采访时表示，张学良是中国近现代史中的关键人物，他在清泉的生活对于大陆游客来说很神秘，希望故居开放后，能够吸引更多的大陆游客来参观，了解"少帅"的这段幽居生活。

张学良故居周边山明水秀，有温泉，附近还有著名作家三毛曾居住过3年的

　　　　　　　　　　　　　　　历史的印记

● 斌华提示

tip 1

从台北市区到『禅园』，可乘坐出租车或公车，交通比较便利。『禅园』关于少帅的史料阙如，行程规划应为探访兼休闲。

tip 2

新竹市与新竹县相邻，在新竹市东大路二段105号有一个眷村博物馆，比较全面地介绍了台湾眷村的历史，有部分实物陈列，感兴趣者可前去参观。

房屋，因此新竹县政府将这些结合起来，推出"将军、文学、美人汤"的主题旅游，加上当地台湾世居少数民族泰雅人、赛夏人的文化以及卓然独立的台湾百岳之一大霸尖山，确实独具特色。

1957年，张学良和赵一荻离开清泉，转而被幽禁在高雄西子湾。1959年，蒋介石下令解除对张学良的"管束"。张学良提出要在台北市郊自己盖房，1961年，张学良位于台北市北投复兴岗的新居落成（就是今天的"少帅禅园"）。住到这里后，张学良给自己买了一部二手车，有时开车进城去拜访老朋友，在台的亲朋故旧偶尔也来看看他，境况比在新竹有了很大改善。

禅园是栋隐藏于浓荫之间的日式两层小楼，在别墅众多的北投半山腰中并不显眼。如果不是熟人带路，很容易错过。经过多次整修，禅园现在改为餐厅，除了昔日张学良夫妇的起居室原状保留外，其他地方就是一个很有情调的餐厅，可以吃饭、泡茶、喝咖啡，还可以泡温泉、欣赏台北夜景。2008年，我就和几位台湾朋友在这里举行生日Party，度过了一个难忘的夜晚。

在蒋介石、蒋经国父子先后辞世后，张学良于1988年3月完全恢复自由。1992年9月，他接受了我的领导——新华社港台部主任端木来娣和其他三名大陆首批赴台记者团成员的联合采访，这是他被幽禁以后首度接受大陆记者采访，受到两岸各界的广泛关注。1995年张学良离台旅居美国，2001年10月15日在美国夏威夷逝世，享年101

探访张学良故居时，我特意在清泉派出所里戴上警察便帽，与可爱的台湾警察公仔合影留念

前往新竹张学良故居，全程大部分路段为山路，有晕车经历者建议提前吃晕车药。天候不佳时，不建议前往。山区条件有限，可当天往返，住宿新竹县竹北市等地或新竹市。

岁，结束了自己传奇的一生。

走出禅园的时候，回望悠悠灯光中的小楼，想到张学良终其一生未回大陆故土、始终不向蒋介石"忏悔"求饶、坚不吐露他与周恩来达成和平解决西安事变的密谈内容，我肃然起敬，也感慨万千：这栋小楼曾装下少帅的身躯，但不知能否装下他无尽的乡愁和悲壮的一生。

"不怕死，不爱钱，丈夫决不受人怜。顶天立地男儿汉，磊落光明度余年。"谨录下少帅的自白，供后来者到访他在台湾的两处故居时参酌。

历史的印记

上图·复建的新竹清泉张学良故居
下图·当地居民转型为导游，向来访者介绍张学良幽居清泉的生活点滴

风流蕴藉的
台北"故宫"

　　"不到长城非好汉"，第一次到北京旅游，八达岭长城或慕田峪长城几乎是所有国内和海外游客的必游景点。同样，大陆及外国游客到台北，位于外双溪的台北"故宫博物院"亦不可不去。

　　台北其实没有故宫，真正能称为"故宫"的只有沈阳故宫和北京故宫。所谓"台北故宫"，只是台湾当局设立的"国立故宫博物院"的简称。它既没有紫禁城那样宏伟的宫殿式建筑，所收藏的文物也不全然来自北京故宫。

　　两岸故宫博物院的联结缘起于日本侵华战争。1931年"九一八事变"后，日本侵占东北，进逼华北，平津危急。当时的国立北平故宫博物院未雨绸缪，开始挑选院藏文物中的精华装箱，为国宝南迁预作准备。1933年1月，日军进入山海关。当月31日，故宫文物开始分五批装箱，共19557箱，其中包含古物陈列所、颐和园、国子监等单位的6066箱文物，分批南迁。1936年12月，北平故宫博物院南京分院建成，故宫文物由上海移运至南京朝天宫新建的库房存放。

　　1937年"七七事变"爆发后，故宫南京分院奉行政院令，分南路、中路、北路三路，先后将文物疏散到大后方。第一批迁运文物共80箱，经武汉转长沙、贵阳、安顺，运往四川巴县，这是南路。中路共运出文物9331箱，经汉口、宜昌、重庆、宜宾，最后运到四川乐山。北路沿着津浦铁路北上徐州，转陇海铁路到宝鸡，再经汉中、成都，最后抵达四川峨嵋，共抢运文物7287箱。

　　　　　　　　　　　　　　　　　　　　　　　　历史的印记

台北"故宫"外景

台北"故宫博物院"文物的另一根源，是1933年以北平古物陈列所典藏为基础，在南京成立的中央博物院筹备处。1937年11月，为避战难，中央博物院筹备处的文物也走水路西迁至重庆。1939年，这批文物又分别运往昆明、乐山，最后运抵四川南溪李庄。

1945年8月，日本投降，上述文物又历经千辛万苦被运回南京。但很快国共内战爆发，淮海战役之后，国民党政权岌岌可危。大概是为了延续中华文化的道统吧，1948年秋，当时的国民政府从南迁回宁的文物中，仓促挑选部分精品，从当年底至次年，分三批运抵台湾。据台北"故宫博物院"统计，故宫运台文物共2972箱，占北平南迁箱件22%；中博筹备处迁运至台者共852箱。这些迁台文物一开始存放于台中县雾峰乡新建的库房里，管理人员随即展开对文物的抽查、清点、整理工作。1965年8月，台北外双溪现址竣工，国宝们终于结束长达30余年的颠沛流离，安顿下来。新馆馆舍定名为"中山博物院"，由蒋介石题写匾额，选在当年11月12日孙中山先生百年诞辰纪念日正式对外开放。

台北"故宫博物院"开放后，成为台湾最重要的文化地标。2001年2月，我首次到台湾驻点采访，就带着朝圣的心情去了台北"故宫"。之后十多年，因为采访任务或陪同首次赴台的同事、朋友，又去了好多次。可以毫不夸张地说，台北"故宫"是我在台湾唯一百去不厌的地方。

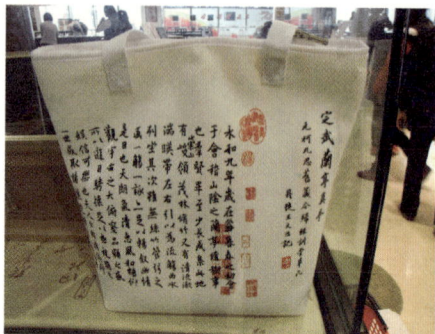

《兰亭序》布袋

台北"故宫"文创商品展柜

关于台北"故宫",有两种流传甚广的说法:一是将两岸故宫博物院进行比较,宣称"北京故宫有宫无院,台北'故宫'有院无宫";二是将毛公鼎、肉形石和翠玉白菜视为台北"故宫"的"镇馆三宝"。这都是无稽之谈,以讹传讹。

其一,台北"故宫"馆藏文物总计约69万件,曾有人换算过,如将这些文物在台北"故宫"现有9500平方米的展示空间逐一展示一遍,至少需要28年。因此,其馆藏堪称质量兼备,煌煌巨观。但北京故宫也不是只有紫禁城一个空壳子,馆藏文物多达一百多万件,其中包括北宋张择端的《清明上河图》、东晋王珣的《伯远帖》、东晋顾恺之的《列女图》(宋摹本)、隋代展子虔的《游春图》等国宝级文物。只是之前数十年文物展示太少,以致外界产生"如入宝山空手归"的错误认知。近年来,北京故宫博物院不断拓展文物展示空间,举办了"石渠宝笈特展"等大型展览,让人们得以一窥馆藏之丰富、珍贵,谣言也就慢慢止于智者。

再就建筑而言,北京故宫博物院所在的紫禁城,是中国明、清两代24位皇帝的皇家宫殿,是世界上现存规模最大、保存最为完整的木质结构古建筑之一,其辉煌灿烂,无与伦比。台北"故宫博物院"固然无法与"祖籍地"相提并论,但也非一无是处。

历经五次扩建,依山而建的台北"故宫"颇具规模。其正馆为中国宫殿式

tip
1

台北『故宫』交通：搭乘捷运淡水信义线至士林站下车，由1号出口出站后，至中正路转乘『红30』（低地板公交车）往『故宫博物院』至正馆门口下车。或转乘公交车 255、304、815（三重—『故宫博物院』）、小18、小19路，于正面广场前下车。或搭乘捷运文湖线至大直站下车，转乘『棕13』往『故宫博物院』至正面广场前下车。或搭乘捷运文湖线至剑南路站下车，『棕20』往『故宫博物院』至正馆门口下车。

建筑，楼高四层，斗拱出踩、栋宇翚飞、绿瓦黄脊，是台湾最精美的仿古建筑之一。院区左侧的"至善园"，是典型的中国传统园林，亭台楼阁、小桥流水、曲径通幽，极为雅致。右侧的"至德园"也是曲桥碧水、花木清幽，"每逢秋夜清凉，桂馥荷香，迎风飘送，更令人神驰向往，久久不已"。每次看到这组建筑，我都想，"台独"分子一直处心积虑要"去中国化"，如此"中国"的建筑去得了吗？！

其二，何为台北"故宫""镇馆之宝"？我非文物专家，但依我有限的文化修养来看，台北"故宫"有两类文物堪称"天下第一"：一是书画；二是汝瓷。

中国历代文人无不喜欢舞文弄墨，历朝皇家收藏也以书画为主，像唐太宗酷爱"二王"书法，临终甚至嘱咐要将书圣王羲之的名作《兰亭序》陪葬；清代的乾隆皇帝是创作书法作品最多的书法家，更是恨不得将古代书画精品尽收皇家。因此，承袭清宫旧藏的台北"故宫"，书画自然是主要品项。台北"故宫博物院"设立后，又通过购藏、捐赠、寄存等方式持续扩充，目前所藏书法、绘画及相关的碑帖、成扇等共计一万余组件。当中，王羲之的《快雪时晴帖》（唐摹本）、号称"天下行书第二"的颜真卿的《祭侄文稿》、苏东坡的《寒食帖》、范宽的《溪山行旅图》、崔白的《双喜图》、郭熙的《早春图》、黄公望的《富春山居图·无用师卷》等，都是万里挑一的国宝级文物。

tip 2

台北『故宫』开放时间：全年开放，每天8:30—18:30。夜间延长开放时段：每周五、周六18:30—21:00，售票时间：8:20—18:00（每周五及周六配合夜间延长开放参观时间，售票至20:30止。）

tip 3

票价：普通游客250元新台币，团体游客230元新台币。持国际学生证者（ISIC,International Student Identity Card）、持青年旅游卡者150元新台币。学龄前儿童、残障人士及其陪同者一人免费。

tip 4

免费参观日：元旦、元宵节、5月18日国际博物馆日、9月27日世界观光日、10月10日。

台北"故宫"珍品书画居多，除了历史传承的原因，窃以为，也与战乱之时仓促外迁有关，毕竟书画作品一卷就得，便于携带装运。司母戊鼎（实际应为"后母戊鼎"）、利簋、大盂鼎等"又大又笨"的青铜重器能幸存大陆，可为反证也。

而在这些书画国宝中，堪称台北"故宫""头号镇馆之宝"的，当属中国山水画的扛鼎之作《溪山行旅图》。台北"故宫博物院"2009年出版的《故宫胜概新编》一书中这样介绍："本院所藏北宋书画，举世闻名，为艺术史上最重要的收藏，山水画如范宽的《溪山行旅图》，构图采用移动视点，以高峻的山峰和渺小的人物对比，呈现人与自然和谐相处的关系。"由此可见，台北"故宫"显然将《溪山行旅图》列为"宋画第一"。书中《溪山行旅图》一页，介绍了此画在构图、细节描绘上的独到之处以及范宽首创的"雨点皴"的笔法，并赞其为"伟大的作品"。

范宽（950—1032）是北宋著名画家，他所提出的从"师于人者"到"师诸造化"再到"师诸于心"的三阶段论，以及自身的艺术实践，开辟了中国画的艺术境界。生前即获得"本朝自无人出其右"的盛誉，生后更备受推崇，被誉为影响中国画坛一千年的山水画一代宗师。

作为范宽罕有的遗世真品，《溪山行旅图》的艺术价值千百年来广受中外

两岸故宫交流近年来日趋活络

和『肉形石』。

台北『故宫』设有『故宫晶华』餐厅，推出具有故宫特色的珍馐佳肴，包括能吃的『翠玉白菜』

tip 6

台北『故宫』附近有国画大师张大千先生的故居『摩耶精舍』，有兴趣者可申请参观。

tip 5

肯定。近代国画大师徐悲鸿的评价是"大气磅礴、沉雄高古"、"吾所最倾倒者"，将其认定为故宫第一国宝。美国学者James Cahill等名家也为之倾倒，称之为"最伟大的不朽名著"。

"纸寿千年"，中国古代书画或为纸本，或为绢本，都是极其娇弱、怕光易损的，因此其中的珍品难得展出。像《溪山行旅图》这样天下无双的国宝，台北"故宫"至多也就"十年一展"。我何其有幸，在台北驻点期间有一次正好赶上它公开展出，立马赶将过去，伫立在约两米高的绢本画前痴痴欣赏。在雄伟磅礴的画作前，体悟到何谓"高山仰止"，体悟到大自然面前人是何等渺小与卑微，体悟到"朝闻道，夕死可矣"的欢愉。临走时还意犹未尽地买了一幅高仿作品，带回住处继续玩味。

汝瓷则是台北"故宫"另一项可谓"镇馆之宝"的珍藏。"瓷器"在英文中与"中国"是同一个单词，可见在老外眼里它们就是中国的名片。中国瓷器从陶器演变而来，到东汉时期出现真正意义上的瓷器，至宋代制瓷业极为繁荣，出现钧窑、哥窑、官窑、汝窑和定窑等"五大名窑"。五大名窑中，又以汝窑独占鳌头，在中国陶瓷史上素有"汝窑为魁"之说。

汝窑是北宋末期御用官窑，因地处汝州而得名，窑址位于今天的河南省宝丰县大营镇清凉寺村，"清凉寺汝官窑遗址"于2001年6月被国务院确定为全国重点

翠玉白菜

台北『故宫博物院』南院于2015年12月28日开馆，位于嘉义县太保市，占地68公顷，定位为亚洲艺术展示典藏重镇以及台湾南部具有特色的文化休憩园区。看完台北『故宫』意犹未尽者，可专程或集合游阿里山行程前往参观。

tip 7

位于台北市区的『国立历史博物馆』、台湾博物院和邻近圆山饭店的台北市立美术馆，也是台湾值得参观的文化景点。

tip 8

文物保护单位。汝瓷工艺精湛，古朴淡雅，温润如玉，以名贵玛瑙为釉，以天青釉色见长，犹如"雨过天晴云破处"。宋、元、明、清四朝内廷均藏汝瓷用器，视同商彝、周鼎一般珍贵。

由于工艺难度高，烧制年代短，汝瓷传世佳品稀少，目前全世界有据可查的仅有约70件。而台北"故宫""三分天下有其一"，共有21件，是全球汝瓷收藏最多的文博机构。其中又有两件传世孤品，一为水仙盆，二为莲花式温碗。

元末明初的收藏家、鉴赏家曹昭在其名著《格古要论》中提出，汝瓷"有蟹爪纹者为真，无纹者尤好"。台北"故宫"所藏宋汝窑青瓷水仙盆釉质均匀，釉色淡雅，不见任何一枚开片痕迹，正是曹昭所说的"无纹者尤好"，且是举世唯一一件，其珍贵不言而喻。莲花式温碗则保存完整（古代瓷碗极难完整保存至今），釉色纯净，器身作十瓣莲花形，其器形可能是传世汝瓷中唯一的一件。这两件汝瓷都是"举世唯一"，当然配称"镇馆之宝"。

除了上述三件"镇馆之宝"，台北"故宫"还有许多精品，包括一般游人眼里"镇馆三宝"中的毛公鼎（中国铭文最长的青铜器），以及商周时期铭文最长的乐器"宗周钟"，还有上文提及的书画珍品和未提及的黄庭坚、米芾等人的书画佳作。总之，要论台北"故宫"的"镇馆之宝"，即便数到一千件，作为晚清时期工艺品的翠玉白菜和肉形石也未必排得上号。

物以稀为贵，何况文物。翠玉白菜、肉形石都没有唯一性，类似的清代珍玩，北京故宫有瓷器螃蟹，河南博物院有象牙萝卜、象牙白菜，至于肉形石，只要去趟广西柳州的奇石馆，就知道它只是"小儿科"。因此，这两件小玩意儿浪得虚名，只能说是台湾同胞"少见多怪"，或者因为导游修为不够，刻意炒作，信口开河。当然，我也不是轻视那些排着长队参观翠玉白菜、肉形石的游客，毕竟"萝卜白菜，各有所爱"，何况中国人"吃饭皇帝大"，外出旅游图的就是开心，就喜欢看看像吃食的东西，无可厚非。我只是善意提醒，别捡了芝麻丢了西瓜，为它俩而耽误欣赏台北"故宫"真正的"镇馆之宝"。

参观台北"故宫"，除了欣赏文物，别忘了选购该院出品的文创商品。作为岛内最权威的文博机构，台北"故宫博物院"注重发挥博物馆的教育功能，在文物的整理、研究上成果丰硕，在策展、办展上经验丰富，在"活化文物"、开发衍生品上也领袖群伦。近几十年来，台北"故宫"通过举办设计比赛和"文创产业发展研习营"、向社会征集创意、授权品牌与厂商合作开发等方式，累计推出了数以千计的各种文创商品，包括我钟爱的高仿书画、瓷器，以及与日常生活密切相关的"翠玉白菜"伞、"富春山居图"茶杯垫、前几年引发抢购风潮的"朕知道了"胶带，等等。

好的文创商品既是文物的普及、展览的延续，也是记忆的延续，还能给博物院带来丰厚的利润。台北"故宫"这方面的做法，特别值得大陆的文博机构学习借鉴。近年来，北京故宫博物院、中国国家博物馆、恭王府、上海博物馆、南京博物院等在文创商品开发上动作频频、一日千里，有些商品受到公众追捧，可谓良好的开端。

文以载道，一以贯之。50多年来，台北"故宫"在宝岛的土地上延续着中华文脉，让国宝们再现风华。如此风流蕴藉的宝地，岂能不游？岂能不一游再游？

何日君再来
——探访邓丽君墓园

　　"你们以前都是'白天听老邓（邓小平），晚上听小邓（邓丽君）'吧？"台湾导游在接待大陆游客时，常常用这样的寒暄来拉近彼此距离。陆客乘坐的旅游大巴上，最常播放的是《甜蜜蜜》《何日君再来》《月亮代表我的心》等邓丽君经典老歌。

　　除了邓丽君，从来没有一位台湾歌星得到大陆同胞如此跨世代的喜欢。记得还在中学的时候，第一次听到邓丽君的歌曲，我的心好像被一根羽毛轻轻拂过，觉得"这歌怎么这么好听"。等到上大学，喜欢的台湾歌星换成赵传、罗大佑、王杰。可到现在"奔四"了，又重新喜欢上邓丽君的"靡靡之音"，而一位父亲辈的新闻界高干，退休后书房里最喜欢放的就是"小邓"的歌。

　　到了台湾，自然要寻觅邓丽君的足迹。按台湾的说法，邓丽君是"外省人"，祖籍河北省大名县，1953年出生于云林县，原名邓丽筠，"丽君"是其艺名。14岁那年，天生一副金嗓子的她辍学步入歌坛，推出第一张唱片，正式以歌唱为职业，而后在台湾、香港、日本发展。

　　她在辉煌的歌唱生涯中得奖无数，不仅被誉为台湾的"最佳女歌星"，勤于劳军的她还被台湾军方视为"永远的军中情人"，在两岸对峙年代仍跨越台湾海峡，俘获了神州大地众多歌迷的心，影响还远及日本、欧美等地。可以说，"有华人的地方，就有邓丽君的歌"。1987年后，邓丽君处于半退休状态，1995年5月8日因气喘病发猝逝泰国清迈，年仅42岁。20天后，"一代歌后"长眠于新北

一架巨大的钢琴键盘模型每天都会奏响邓丽君的一首首代表作

市金山区的金宝山"筠园"。

我去过两次"筠园"，一次是个人专程去凭吊，一次是陪同事去的。从台北市出发，开车约40分钟到淡水，转入淡（水）金（山）公路。这条北海岸的滨海公路风光秀丽，一边是连绵不绝的青山，另一边是波涛万顷的大海。进入金山地界，很快公路的指示牌上出现"邓丽君纪念公园"，沿着路牌顺山路再开不到10分钟，就到了邓丽君的墓地。

"筠园"是金宝山墓园单独开辟出来的一部分，占地不过二三亩。走进"筠园"，映入眼帘的是一架巨大的钢琴键盘模型。"好花不常开，好景不常来，愁堆解笑眉，泪洒相思带……"邓丽君柔美的歌声在山林之间飘扬。旁边的花坛中，一尊"正在演唱"的邓丽君金色雕像，树立在鲜花绿草修整出的"音符"中。

沿着甬道往前走，就是墓地。墓地的两棵榕树下是邓丽君的眠床，中间镶嵌有一张邓丽君年轻时的照片，床头上的石碑刻着她的彩色头像。眠床前可以看到歌迷们敬献的鲜花、纸鹤，还有有心人留下的情真意切的卡片。右前方的白色巨石上刻着"筠园"两字，是亲民党主席宋楚瑜的手迹。我第一次去时，巧遇几个日本歌迷，在墓前恭恭敬敬地献花，流连许久才离去。

园区内还布置了点唱机，里面存有《何日君再来》《小城故事》等十首邓丽君的代表作，白天会反复播放，日复一日，年复一年。台湾人戏称公墓为"夜总会"，金宝山因为有了"筠园"，肃穆的气氛中多了一丝柔情与温馨。

同行的台湾朋友告诉我，金宝山墓园依山傍海，景观一流，号称"全世界最美的墓园"。这里的一块墓地动辄上百万甚至千万元人民币，可以媲美台北富豪扎堆的信义区房价。不过邓丽君墓地设于金宝山，墓园老板只象征性收了1元新台币（折合人民币才两角多），不知是因为喜欢邓丽君的歌声，还是意在筑巢引凤。反正实际效果是"筠园"更加打响了金宝山的名号，这项看似亏本的买卖带来的是高额回报。许多有身份的台湾人，都会选择安葬在金宝山。或许有邓丽君的歌声做伴，他们在天国不会感到孤单吧。

尽管邓丽君已经离开人世多年，全世界的歌迷仍然念念不忘她温婉的倩影和动听的歌喉。每年5月8日的邓丽君忌日，"筠园"都会有来自海内外的歌迷，聚集在她遗像前合唱她的歌曲。这些年，前来"筠园"参观、凭吊的大陆同胞也越来越多。

2010年的邓丽君忌日，我的同事在台北采访了邓丽君的三哥、邓丽君文教基金会董事长邓长富。他透露说，妹妹一生有三件憾事：未能修一个学位；没能到大陆举行演唱会；未能完成终身大事。我想第二条，更是大陆"君迷"最大的遗憾吧。2008年9月23日，邓丽君的金曲《但愿人长久》随神舟七号太空飞船升空，她的歌声正好说出人类探索宇宙的"大哉问"："不知天上宫阙，今夕是何年？"不知这样的安排，能否稍减邓丽君生前的遗憾？

在台湾联合报系办公大楼西侧的小巷子里，原本有一家邓丽君大哥邓长安开的客家菜馆"筠园小馆"，餐厅的客家菜很好吃，墙壁上挂满邓丽君各个时期的照片。我去过多次，有一次还和她哥哥聊了会儿天。2011年3月再去时，餐厅已经停业，真是让人惋惜。

由于看好"邓丽君"这三个字的观光价值，新北市观光局与邓丽君文教基金会达成合作，在"筠园"附近建设了邓丽君纪念园区。

但愿大家到了这里能轻声细语，不要扰了"小邓"的清梦。因为，在很多歌迷的心中，邓丽君并没有离开，她只是累了，于是在清风明月之间睡会儿。

树立在墓园里的邓丽君塑像

● 斌华提示

tip 1

去『筠园』可以和台湾北海岸其他观光景点结合起来，例如：淡水－皇冠海岸风光－筠园－朱铭美术馆－野柳－黄金博物园区－九份老街。

tip 2

去金宝山『筠园』，可以从台北松山火车站坐火车到基隆，然后转乘基隆到金山的客运，或从台北、基隆、淡水乘坐往金山的客运，在金山站下车后转搭出租车前往。

石门
筠园
朱铭美术馆
金山
野柳
万里
台湾海峡
阳明山公园
太 平 洋
基隆港
基隆屿
淡水
淡水河
基隆市
北投
瑞芳
黄金博物园区
基隆河
士林
芦洲
三重
内湖
七堵
九份老街
台北市
南港
汐止
松山
N

筠园

鹿港:
徘徊在文明里的小镇

    曲折蜿蜒的街巷，红墙燕尾的闽南古厝，香烟缭绕的妈祖庙，案桌前虔诚叩拜的老妇人……每次来到鹿港，我都有恍若回到闽南故乡的错觉。不同的是，我的家乡鲜有人知，而鹿港却因为罗大佑的一曲《鹿港小镇》而扬名华人世界。

    鹿港是隶属于彰化县的一个小镇，与福建省的泉州、漳州隔海相望，是当年泉州居民迁徙来台的最早落脚点。清代的鹿港千帆竞渡、商贾云集、人文荟萃，是仅次于政治中心府城台南的全台第二大城市，有"一府二鹿三艋舺"之称，"繁华犹似小泉州"。

    随着溪流泥沙的淤积，繁忙的商港渐被废弃，鹿港的黄金时代也一去不复返。不过"塞翁失马，焉知非福"，没落的小镇保留了最纯朴的风貌，在现代文明发达的今天，却成为都市人纷至沓来访古寻幽的热点。

    我去过五六次鹿港，多数是因为有采访任务来去匆匆。最惬意的是2008年3月的那次，我和同事骑着自行车，缓缓穿过"鹿港的街道，鹿港的渔村"，去探访"妈祖庙里烧香的人们"。

    鹿港有"三多"——古迹多、匠师多、小吃多。自行车在曲里拐弯的小巷子中穿行，一路经过"米市街""板店街""打铁寮"等老街。虽然很多老屋已经破旧，门扉都裂开了，但从门前悬挂的古朴灯笼、雨伞，门楣上"松下斋""合德堂""岐阳衍派"等牌匾还是可以一窥当年"小巷深藏文化宝，大门长把古人风"的繁华与风流。

鹿港

● **斌华提示**

tip 1

去鹿港可以从台北搭乘统联客运直达，也可搭火车到彰化火车站，转搭彰化客运到鹿港，车程约半小时。而在鹿港老街，最好的交通工具是自行车或自己的双脚。

tip 2

鹿港古迹众多，耐人寻味，只有住宿一晚，才能体会『鹿港的黄昏』。由老宅改建的『二鹿行馆』，是鹿港第一家拥有电梯的民宅，免费提供自行车，还有出租三轮车等多项服务。

鹿港的小镇古韵，最集中于"九曲巷"（又称金盛巷）。九曲巷并不是真的有九个弯，"九"在中国古代有至多之意，"九曲"也就是弯很多。鹿港濒临台湾海峡，昔日入冬之后东北季风寒意逼人，居民采用迂回方式排列建筑以防风害，即便寒冬腊月，小巷内仍然温暖如春，造就了鹿港八景之一的"曲巷冬晴"。

九曲巷中有两栋著名的古厝景点，一是"十宜楼"，一是"意楼"。前者是一座红砖绿瓦凌空横越巷子的"跑马廊"，十宜指"宜琴、宜棋、宜诗、宜画、宜花、宜月、宜烟、宜酒、宜茶、宜博"，光听这个名字，就可以想象当年鹿港的富商与墨客文人的业余生活是何等的丰富多彩。

意楼则是巷内大宅院"庆昌古厝"中的一座阁楼，这里有一个类似"烟锁重楼"的凄美爱情故事。相传此楼曾居住着一对新婚夫妻，丈夫进京赴试却一去音讯全无，妻子抑郁而终。细雨淅沥，我听到这个故事时，不禁想起戴望舒的诗作《雨巷》，看来在每条悠长寂寥的雨巷深处，都可能有一个"丁香一样结着愁怨的姑娘"。

文采风流的鹿港，却还有一条名字粗鄙的"名巷"——摸乳巷。巷子已经有200多年历史，本身不过是房屋之间的一条狭长防火巷，逼仄之处仅容一人通过，如果男女穿过巷子时迎面相逢，难免身体接触。"君子礼让，小人摸乳"，翻译成今天的流行语，就是"猥琐男"可以趁机性骚扰，因此得名。

原来当地人嫌巷名不堪，另起"君子巷""护胸巷"等名，但外地游客来了，还是会指名要找"摸乳巷"，当地人也都不以为忤，大方指路。我曾经和同事"以身试巷"，其实只要稍一侧身，就可以两不相干地通行。所以，关键不是名字好不好听，而是内心龌不龌龊。

从摸乳巷出来不远，就是著名的鹿港辜家的老厝。清康熙初年，辜家从泉州迁到台湾，世居鹿港成为当地望族。日据时期，发家后的辜显荣设立了"大和行"，总部设于家乡鹿港，并兴建了这栋欧式豪华宅第"大和馆"，当地人以"大和大厝"称之。大陆人民熟知的海基会原董事长辜振甫先生，就出生于此。

辜家古厝分为两部分。前面是辜家事业发达后建造的巴洛克风格的洋楼，落成于1919年，现在仍是小镇上最华美的建筑，楼外的石雕装饰精雕细刻，美轮美奂。后面是闽南传统红砖厝，质朴无华。辜家故居现在辟为鹿港民俗文化馆，里面的陈列，可以让人深入了解鹿港的历史与辜家往昔的豪门生活。

辜家的隔壁是闽南传统建筑的代表——鹿港进士丁寿泉故居。这是鹿港硕果仅存的长条型街屋四合院，格局是"三坎五落两过水"，包括店面、一深井、一照厅、一中井、一大厅。而从丁家大宅后门出来，就是鹿港最热闹繁华的中山路。

由于街顶加盖遮雨蔽日，中山路又有"不见天街"之称。位于街道两边的房子，大多追根溯源可至清朝或日据时期。中山路也是鹿港的美食街，老字号玉珍斋、阿振肉包就位于中山路。阿振肉包最独到的地方，在于其特殊的奶香味，我到鹿港，宁可不吃正餐，也要多吃两个阿振肉包。

"三步一小庙，五步一大庙。"移民社会缺乏安定感，加上闽南人慎终追远，所以如今的鹿港还留有60多座宫、殿、庙、寺，所供神灵从妈祖、玄天大帝、关公、城隍到送子观音，应有尽有。罗大佑歌唱的妈祖庙，大名叫"鹿港天后宫"，就位于中山路上，庙里香火鼎盛，庙口则是热闹的商圈。三民路上的龙山寺，是鹿港另外一个著名古迹和信仰中心。这座四进三院的北宋宫殿式建筑，完全依照福建温陵的龙山寺图样而建，就连寺中所铺的石板都是早期先民从大陆带来的压舱石。到鹿港龙山寺，一定要仔细观赏寺里的石雕、壁画，每一个图案都大有讲究和说头。

tip
3

鹿港瑶林街和埔头街一带是『古迹保存区』，有不少手工老艺人贩卖木屐、面茶、传统服饰等小玩意，是寻宝的好地方。

tip
4

鹿港的糕饼文化非常发达，到此一定要买锦兴饼铺的『冰馔绿豆糕』、郑玉珍饼铺『凤眼糕』和蛋黄酥、玉珍斋的『游奕糕』、阿振肉包店的桂圆黑糖麻薯带回去。至于不能带走的美食，只能就地品尝了。

"台北不是我的家，我的家乡没有霓虹灯。"这是罗大佑歌中、许多人心中的鹿港。实际上，今天的鹿港霓虹闪烁，老街古厝也处于过度商业开发和现代建筑的围困之中。但这里毕竟还是有斑驳的砖墙、卖着香火的小杂货店、缓慢的生活步调和淳朴善良的人们，他们依然和先人一样虔诚信仰妈祖，依然说着不同于台湾其他县市，和泉州话一样的"鹿港腔"。

"原乡人的血，必须流返原乡，才会停止沸腾！"鹿港不是我的也不是很多台北人的故乡，但却是许许多多在都市里追寻梦想、遗失梦想的当代人的精神原乡。而只有回到原乡，你我的心才会清明、安宁。

历史的印记

上　图·鹿港辜家的老厝
左下图·做香袋的鹿港阿妈
右下图·鹿港的小巷

"绝美的风景多在奇险的山川，绝壮的音乐多是悲凉的韵调。"

穿行台湾三条东西横贯公路时，我心中仿佛装有一部打字机，总会一字一字地打出李大钊先生的这两句诗句。

隐藏在"奇险的山川"之中的，是台湾岛深处最美的神秘花园。那里有大起大落的高山深谷，有藏在深闺的世外桃源，虽然历经坎坷艰险，却总会让人觉得不枉此行。

而如同探险的旅途，不只能看到绝美的风景，更能体悟"行至水穷处，坐看云起时"的达观。

“ 横 行 ” 台 湾 岛

北横：
挂在峭壁上的风景

　　北横公路西起桃园县复兴乡，东至宜兰县，穿越雪山山脉的北部，全长约140千米。2007年5月18日上午，我乘坐台湾资深媒体人俞雨霖（《中国时报》原副总编，现为台湾中评通讯社社长）的"翼虎"，从台北出发，半小时后到桃园大溪，在进入北横公路后，一路沿大汉溪曲折前进。公路沿山壁开凿，狭窄得只有双向两车道，有的路段更只容一车通行，两车交会时往往"擦肩而过"、险象环生，而且不到20米就是一个拐弯，真可谓"百步九折萦岩峦，扪参历井仰胁息"。

　　路上有几道飞跨大汉溪的桥梁，造型优美，如彩虹当空。车过罗浮桥时，溪水就在百米之下，俯瞰让人不寒而栗。而潺潺的瀑布从峭壁上飞坠而下，穿过公路奔向谷底，车行其上，令人胆战心惊。对面山上的梯田错落有致，仿佛偌大棋盘挂在半山腰，一派田园景致。

　　驶过巴陵桥，便进入台湾世居少数民族泰雅人聚居的村落——巴陵。从巴陵沿山路盘旋而上，就到了我们此行主要目的地——拉拉山。"拉拉"是泰雅族语"美丽"的意思，拉拉山山如其名，满目苍翠，千峰竞秀，美不胜收。这里深藏着一个保护区，即拉拉山自然保护区，它位于桃园县复兴乡，海拔1400~1800米，总面积6390公顷。但目前只开放约30公顷，常年云雾弥漫，年平均气温约为16℃。

那山、那桥、那狗

保护区内不准汽车通行。我们步行进入林区，走过一段碎石路，拐了几个弯，一棵红桧巨木赫然立于眼前，红桧展开巨大的枝杈，仿佛张开双手，准备拥抱我们这些访客。

拉拉山号称拥有"东南亚最大的桧木巨木群"，区内设计了一条长达3700米的"桧香小径"。沿着"小径"前行，可逐一参观22棵参天神木，每一棵都有指示牌详细说明编号、树种、树高、树龄、"胸围"等，其中最古老的"狗熊之窝"树龄约有2800年，"胸围"达13.4米，高达40米。

行走在巨木群中，犹如在享受一次超豪华的森林浴。空气中弥漫着桧木的清香，溪水潺潺，阳光穿过山顶云层和繁密的枝叶直泻到步道上。一个半小时的步行，让人远离尘嚣，心旷神怡。

因为桃园县政府的朋友提前打过招呼，当天晚上，我们被招待住在拉拉山风景区管理站。在群山环抱和淅沥雨声中，我们泡上高山茶，一边品茶，一边谈天。入睡后，更是一夜好眠。

第二天清晨，下了一夜的雨犹未止歇，雾锁群山，像是怕人把美景看透。我们冒

斌华提示

tip
1

北横路况复杂，开不惯山路或驾驶技术不佳者不推荐自驾。如要自驾，宜选择四轮驱动的越野车，行前应仔细检查车况。

北横公路盘旋于山间，单是远望就觉得惊心动魄

雨离开拉拉山，继续沿北横公路前进。公路上方树荫遮盖，水汽升腾，虽是白昼，仍需打开车灯。两边是一片森林海洋，山谷翠绿，雾越来越大，近在咫尺的大山突然消失在眼前。路上不时有从山上滚落下来的石头、树枝，提醒我们要谨慎驾驶。

一个多小时后，车行至明池森林游乐区。明池是一个高山天然湖泊，海拔约1500米，位于北横公路最高点，素有"北横明珠"的美誉。我透过车窗，看见小小的明池静卧于群山之中，精巧婉约，突然想起齐秦的歌："高山上的湖水，是躺在地球表面上的一颗眼泪……"

明池森林游乐区由于被大山环绕，树木荫蔽，多雨潮湿，终日云雾弥漫，气候凉爽，是台湾北部的避暑胜地。明池山庄是一个欧式风格的度假村，有各式各样藏于林间的小木屋，最多可以容纳400余人。我们首先拜访了高31.6米、"胸围"11.6米的千年红桧"明池神木"，油然敬畏，然后点了几杯咖啡，在虫鸣鸟叫和氤氲的水汽中小憩。由于比较劳累，我们没有沿步道往上走到景区的最高点"慈孝亭"，眺望明池全景和苗圃，这也是我此行的一点遗憾吧。

离开明池，过了大汉桥，就进入宜兰县境。道路虽依然蜿蜒，但却是一路向下，越来越宽，不到10分钟，便可看到平坦的兰阳溪谷地。一天多来，第一次看到平坦的土地，大家无不长舒一口气。北横之旅结束了，我回望来时路，忍不住像古人一样"侧身西望长咨嗟"，真是路非走过不知险，事非经过不知难啊！

tip 2

天候不佳（大雨、浓雾天气）时切勿驱车前往北横。

tip 3

北横之旅如要过夜，可以选择住宿巴陵的民宿或明池山庄。

tip 4

北横公路宜兰入口不远，沿着台7甲线可以到达另一著名的景点——栖兰森林游乐区。这里有一个峡谷Bar，在露天阳台上喝咖啡、看山景会十分惬意。

大溪

石门水库

罗浮

复兴

北

大

横

荣华

拉拉山自然保护区

明池森林游乐区

巴陵

公

路

明池

明池

栖兰

北横

中横：
搂抱台湾美丽的腰身

究竟哪条公路是台湾最美的公路？有人说是从台北沿着东海岸一路到屏东的台9线，特别是其中苏花公路一段，因为依山傍着太平洋，山海奇观，更有清水断崖之险；有人认定是中横（即台8线）及其支线台14甲、台7甲，因为中横沿途可看到几十座海拔3000米以上的高山，峰峰相连，雄浑壮丽，合欢山、玉山等高山顶上还能见到亚热带地区难得的积雪。

"仁者乐山，智者乐水。"这个问题见仁见智，谁也说服不了谁，但如果说中横公路是台湾岛最美丽的腰身，我想不会有人持异议。中横是台湾第一条横贯东西的山区公路，西起台中市东势区，东至花莲县太鲁阁，横穿中央山脉，蜿蜒近300公里，诸多路段都是邻渊凿壁而成，且以隧涵桥梁相连，九曲回肠。1999年"9·21"大地震发生后，中横公路西段全部中断，虽经全力抢修，由于地质条件脆弱，德基到谷关段至今仍不能通车。即便如此，目前通车的中横路段加上相邻支线沿途仍是百岳竞秀，美不胜收。

孤军开出清境地

台湾行政当局设有专责退伍军人事务的部门"退除役官兵辅导委员会"（简称"退辅会"）辖下有8个农场，其中有3个高山农场，分别是清境农场、福寿山农场和武陵农场，大致分布在中横及

　　　　　　　　　　　　　　　　　"横行"台湾岛

其支线周边，以地处南投县仁爱乡的清境农场名气最大。

在繁忙的工作之余，去清境"清清心境"，是许多台湾人度假的热门选择之一。2004年3月，我从花莲出发，走中横转台14甲到台中，首度经过清境农场。下车看了几眼，只见十几只绵羊、奶牛在雨雾之中漫步在高山草甸上，感到没什么好看的，就继续前行往庐山温泉过夜。

时隔7年，2011年的3月，我应"退辅会"清境农场场长刘远忠的邀请，前往清境采访，对这里才有了深度了解。当天上午，我和同伴先从台北坐高铁到台中（乌日站），再坐南投客运，一小时后到埔里。午餐后，坐上原《联合报》记者石开明的车，沿着台14甲前往清境农场。

车越往高走，空气越清新。到了海拔1750米的清境农场，烟雨濛濛，山间云雾蒸

中横

羊群在青青草原吃草，是清境农场的独特景观。农场用不到五百只羊，愣是
做出一篇很大很大的"羊文章"（清境农场提供）

腾，空气更加沁人心脾。清境农场原名"见晴农场"，是因为从合欢山一路过来，到
这里才能见到晴天。1965年蒋经国到此处，有感"清新空气任君取，境地幽雅是仙
居"，将农场改为现名。

大清境农场的范围，包含博望新村、仁爱新村、忠孝新村、道班新村、荣光
新村、定远新村、寿亭新村等7个主要村庄（共约200多户），以及"退辅会"清
境农场、台大梅峰山地实验农场等。从这些"新村"的命名，就可判定是典型的
眷村。而说到这些眷村，就不能不说到李弥和他麾下的一支"孤军"。

1949年12月，滇军高级将领卢汉在昆明起义，一部分不愿投降、顽抗到底的国民党军且战且退，转进滇缅交界。1950年9月，蒋介石派在淮海战役中侥幸逃脱的原国民党军第十三兵团司令兼第八军军长李弥等人，到缅甸北部纠集残部和部分土顽武装，后组成"云南省人民反共救国军"，李弥担任总指挥，多次从边境对云南发动反攻。在中国人民解放军和缅甸政府军的双重夹击下，到1954年，多数被迫撤往台湾。其中93师的部分官兵仍继续留在滇、泰、缅交界的金三角地区，成了一支孤军。将罗大佑歌曲《亚细亚的孤儿》作为片中插曲的台湾电影《异域》，讲述的就是这支部队的故事。1992年，在苦撑近半个世纪之后，这支孤军向泰国政府交出全部作战武器，正式解体。许多人虽然近年来都获得台湾的身份证，却愿意继续留在泰北生活。随李弥撤回台湾的部分官兵，则被运到清境，解甲归田，在"见晴农场"务农开垦。半个世纪以来胼手胝足的辛勤耕耘，使这块原本中横支线上的荒凉山地，变成花果飘香、牛羊满坡的大农场，也形成独特的云南眷村聚落。

如今，清境居住着傣族（当地人自称"摆夷族"）、哈尼族、苗族、瑶族等8个云南少数民族，当地通行语言是云南官话。石开明生于斯，长于斯，他和当地人交谈，都说着一口的云南话。每年最夯的节日，是10月的"火把节"。农场和村里的很多餐馆里，可以轻易觅到酸木瓜炒肉、汽锅鸡、糯米粑粑、傣味椒麻鸡等地道云南菜。当地久负盛名的一家云南菜馆"云舞楼"，打出的招牌是"段氏私房菜"，大概是得到金庸武侠小说《天龙八部》的启发吧。第二天晚上，我和开明兄还有他的儿时玩伴在他的老家博望新村吃着"摆夷菜"，听他们用云南话聊天，不由感叹道："这地方简直就是云南省的一块'飞地'嘛！"

然而，清境毕竟不是云南。这里拥有媲美瑞士的高山草原和凉爽天气，一栋栋欧式风格、造型各异的民宿，让人仿佛置身欧洲大陆。从台14甲线上山的路上，我看到一栋名叫"Old England"的城堡式样建筑。这座耗资数亿元新台币兴建的城堡，有精美雕塑、喷泉水池，美轮美奂，是清境最豪华的民宿。而起着"普罗旺斯玫瑰庄园"等"洋名"的其他很多家民宿，也都各具风情，适合看花、看雾、品茗、望星空与"杀时间"。

清境农场的主要景点，分布在通往"青青草原"的主干道边。"瑞士小花园"是一片休憩区，"7-11"便利店、星巴克咖啡与众多商家构成一个商圈，晚上这里还会有音乐喷泉和歌舞表演，是清境的夜生活中心。

工人正在为一只绵羊脱毛，这就是打响清境农场名号的"绵羊脱衣秀"（清境农场提供）

"青青草原"则是清境农场最大的卖点，每天都有大批游客前来观看闻名全台的绵羊秀。台湾人喜欢嗲嗲地管羊羔叫"羊咩咩"。绵羊秀分为"奔羊秀"和"脱衣秀"。"奔羊秀"每天上、下午各两场，通过农场人员诙谐幽默的主持，一场普普通通的赶羊表演，让我和许多冒雨观看的游客忍不住叫好。所谓"脱衣秀"，就是一只"羊咩咩"在牧羊人的巧手下剪毛，一周一场。我去的那天是周五，正好没有"脱衣秀"。农场人员告诉我，清境农场总共有400多头羊，每天参与表演的是80几头羊，天天"脱"的话可受不了。

除了绵羊秀，当地业者还开发出绵羊油乳液、护手霜、羊奶糖等周边产品，原料当然是外来的，不过借了清境的名号，买气长盛不衰。清境名头越来越大，当地人和外地人看到商机，纷纷来这里做民宿，近10年来清境地区新增民宿超过200家。乱盖乱建与过度开发，不只威胁着当地的环境，也使清境逐渐失去原有的淳朴与安宁，变得不那么清净了。

冬季到合欢来看雪

在清境盘桓两日后，早晨，天空依旧阴雨绵绵。我很担心去不了此行的两个重点：合欢山和武陵农场。石开明从前一晚开始，就很关心天气预报。12日我们吃完早餐后，他又赶紧联系当地的交通管理部门，在确定不用挂雪链后，我们冒

tip 1
清境农场的民宿周末价格比平时要贵近一倍，且房源紧张。可选在非周末假日去清境住民宿，体会人少心清的仙境感觉。

tip 2
如果不赶时间，去清境地区的云南眷村转转，听当地的云南老兵讲讲『孤军』的故事，吃吃云南少数民族风味菜，别有一番情调。

tip 3
台大梅峰农场就是一个位于山地的超大植物园，里面种有大陆赠送台湾的『国宝』级植物珙桐树，温室里还有歌曲中唱到的『鲁冰花』。

雨出发，前往合欢山。

挂雪链这事，在大陆人的印象中，只有东北的司机才要考虑。可在地处亚热带的台湾，也有需要挂雪链才能开车的地方，那就是合欢山、玉山一带。下雪天开车走台14甲，如果没有挂雪链，那将是一趟生死险途。

合欢山是中央山脉的一部分，主峰海拔3416米，合欢群峰还包括合欢山东峰、西峰、南峰（现在名为昆阳山）、北峰（比主峰更高，海拔3422米）以及合欢尖山、石门山、石门北峰等，标高均在3000米以上，站在高处，群峰汇聚，环列四周，气势磅礴，蔚为壮观。

我早在2004年3月第一次走中横时，就领略了合欢群峰的壮美，也第一次在台湾看到"白头翁"——山顶有积雪的高山。这次我们就没这么幸运了，从离开清境，一直开到位于台14甲线31.5千米处的台湾公路最高点武岭（海拔3275米），沿途都是大雾弥漫，群峰被掩藏了起来。

我们在武岭停车，登上观景台。观景台上的示意图表明，在我们的正前方就是一字排开的绵绵群山，但我们能看到的，除了雾还是雾。虽然已是3月，在瞭望台和周边的山崖上，还有前一天降雪留下的薄薄积雪。一些台湾青年男女在兴奋地拍照、堆雪人，玩得不亦乐乎。我们几个要拍照留念，寒风飕飕，不一会儿拿相机的手就冻得受不了。

合欢山山色之美，美在四时不同。春天，翠绿的冷杉林间，森氏杜鹃、玉山杜鹃和红毛杜鹃摇曳生姿。夏天，恰恰迎来"野百合也有夏天"的盛开，翠绿的高山草原上白色"号角"或三五成簇，或小片集聚，有些地方甚至"肆虐"得漫山遍野。秋季，青枫、红榨槭等变色红叶，还有竹林、银杏、落羽松、梨树、樱花树叶，为绵延的山脉变幻着缤纷的色彩。冬天，则是合欢山最具特色的旅游旺季。虽然不如大陆东北的鹅毛大雪一片白茫茫，但在台湾能看到雪花飘飘，简直不可思议，这也称得上是台湾一大奇观了。所以，只要天气预报说合欢山要降雪，中横公路上就会出现前往合欢山的车流。

我们这次来已是3月份了，合欢山还有降雪，只能说是天气异常了。我的几个同伴，是第一次到合欢山，虽然没能看到合欢群峰的壮观，但能亲眼看到积雪，也可稍稍弥补一下缺憾了。

福寿山里可耕田

离开合欢山，山路蜿蜒而下，天也渐渐放晴。穿过合欢山隧道，转到中横公路上，我们很快抵达位于中横105千米处、台湾最好的高山茶产地之一大禹岭。把车停在路边，沿着狭窄的产业道路（类似大陆的机耕路）上山，在树林之中，是层层叠叠的茶树，远观好似梯田。由于还不到采茶季节，空旷的山上除了偶尔经过的飞鸟，只有我们几个人穿行在茶田之间。

台湾当局正在推动退耕还林，很多私自开垦的高山茶场、高丽菜地正在被清退。也许再过几年，我们再来这里，就难以看到高山之上如此大规模的茶山了。

下了大禹岭，一路北上，伴随着一阵阵有机肥的臭味，一大片高山高丽菜地出现在我们面前，此行将要采访的第二个高山农场——福寿山农场到了。福寿山农场位于台中市梨山南侧，总面积803公顷，是三大高山农场海拔最高的（超过2300米），主要农特产品除了高山茶（品牌为"福寿长春茶"），就是水蜜桃、水梨、苹果等高山温带水果及其制品。除了寒冬腊月霜雪天气，这里一年至少有10个月花果飘香，因此赏花、采摘是农场推出的主要旅游项目。

而我们最感兴趣的是农场里的两栋特殊建筑。一栋是为接待蒋介石视察中横公路工程而兴建的行馆。行馆是栋一层木质房屋，包括客厅、餐厅、厨房和蒋介石卧室、宋美龄卧室，陈设与栖兰等其他地方的小型行馆差不多，特别的是厨房里还摆放着一台在当年应该很昂贵的欧洲名牌老冰箱。行馆的亮点在屋后的走廊，坐在走廊里的沙发，可以惬意地俯瞰幅员广阔的福寿山农场。农场管理人员介绍说，中横公路兴建时，蒋介石十分关心，多次乘坐直升机来到福寿山，最喜欢的就是在这条走廊远眺山景。

从行馆沿着步道再往上走，穿过当年的岗亭不远，就是另一栋同样留下蒋介石印迹的建筑——达观亭。两层高的达观亭其实也是一座蒋介石偶尔下榻的行馆，不同的是采取四面通风的楼阁式建筑风格，景观极佳。蒋氏父子常在这里登高望远，谋划政事。从餐厅的布置可以看出，蒋家当年的用餐环境十分有情调。现在达观亭已经辟为场史馆，游客到这里，可以悠闲地临风观景，品饮咖啡。

亭子正前方，有一个小小的圆形水池，名为"天池"。天池正好坐落在棱线之上，据说由此展望四周，可以看到雪山、"武陵四秀"和合欢群峰等高山，景致极为壮阔。但我们到时，前方白雾茫茫，只能凭想象了。

"陶令不知何处去，桃花源里可耕田。"在福寿山农场散步，除了樱花、柳杉、松树、枫树等高大乔木，四周是茶山、果园、菜地，田园风光美丽动人，是三大高山农场里最像农场的。我们临时决定住在农场开设的宾馆，宾馆负责人让我们挑选是住宾馆标准客房还是小木屋，我们一致选择了小木屋。木屋陈设简单，但干净整洁，是山居最好的选择了。

在花果香气中，在山风虫鸣中，我很快进入了梦乡。

武陵农场：世外桃源在此间

次日早餐后，我们离开福寿山农场，前往此行我最想到的地方——武陵农场。

车从梨山转上台7甲线（中横宜兰支线），一路青山绿水看不完，让我们都有点审美疲劳了。上午11点，车抵武陵农场旅游服务中心，一下车，我们就被眼前的美景震撼了，不约而同地感叹："太漂亮了！"

tip 4

埔里是台湾的地理中心点，有一处地理中心标志。埔里附近有台湾著名佛教丛林——中台禅寺，建筑独具一格，巍峨壮观；还有雾峰林家的古厝，堪称台湾旧时官邸建筑的代表作。这里还有『9·21』大地震纪念教育园区，了解大自然惊人的破坏力，体会人与自然和谐相处的必要性。

tip 5

从埔里前往清境，途中会经过雾社和奥万大。雾社樱花全台闻名，还有抗日志士莫那·鲁道的墓园；奥万大则适合秋天看层林尽染的红叶美景。

溪谷之中，水流潺潺，花木扶疏，姹紫嫣红，群山苍翠，蓝天白云，世间几乎所有的色彩都集中在这里，任何一个角度看过去都是美景天成。武陵之美，在于宁静，清泉石上流，鸟鸣山更幽；在于自然，天然去雕饰，清水出芙蓉。山环水绕，到达不易，对于台湾民众来说，是一个藏于群山之中的私密花园。

武陵农场坐落在台中市和平区七家湾溪畔的谷地中，占地772公顷，海拔在1740米到2100米。原本以种植温带水果、高冷蔬菜和茶叶为主，现在配合台湾当局的造林保育政策，特别是要为珍稀的"国宝鱼"樱花钩吻鲑提供纯净的生活空间，加上休闲风尚的兴起，正在转型为生态旅游度假区。

我们先到农场场部看简报影片。步出场部，左侧前方就是蒋介石的又一处行馆，行馆里几个原本供蒋介石核心随从入住的房间，重新添置了被褥等用品，可以用来接待贵宾住宿。我问农场陪同人员："什么级别的人可以住在这里？"她说，类似马英九、吴敦义这样的当局高官如有需求，才能入住。在我的印象中，这在蒋介石遍布全台、未做商业开发的行馆中是独一份。

武陵农场最为人所知的，就是樱花钩吻鲑的家乡。七家湾溪清澈见底，我们站在桥头，可以轻易看到樱花钩吻鲑在水里悠游。这种鲑鱼是冰河时期的陆封鱼类，原本在这一带的溪流中有繁盛的族群。后来大甲溪上游辟建拦水坝，它们的家园遭到破坏，濒临灭绝，成为珍稀的"国宝鱼"。近年来，通过栖息环境的重建保护和人到合欢山旅游四季皆宜，但雪天、大雾天气务必注意行车安全，注意交通警示标志，谨慎驾驶。按照台湾交规规定，只要进入山区，即使白天，也都要打开大灯、雾灯。在合欢山更应如此。

合欢山赏雪行程可作如下规划：夜宿清境农场或合欢山庄、松雪楼、大禹岭山庄等，凌晨自驾或搭乘旅游巴士不到半个小时到达合欢山，赏完雪山日出后，可前往仅两个小时车程的南投县庐山温泉，吃美食，泡温泉，既驱寒祛湿，又放松身心。

采茶女工在清晨的冻顶山采茶

工繁殖复育，樱花钩吻鲑的数量恢复增长。到武陵农场，既可以到观鱼台赏鲑，也可以到设于农场内的樱花钩吻鲑生态中心，目睹樱花钩吻鲑从小到大的生长过程。

开车沿着道路向上驶向溪谷深处，两边都是果树，这里的农产以白桃、富士苹果和高山高丽菜最为著名。但我看到，原本的高丽菜地有的已经种上小树，有的正在平整，准备造林。农场陪同人员说，我们来晚了几天，不然沿途就可以看到樱花盛开。不过我们看到了艳丽的杜鹃花和大片大片金黄的油菜花，在蓝天白云的映衬下分外亮丽动人。

油菜花地的旁边是农场的宿营区。有小木屋出租，也可以自己在木台上扎帐篷，水电、烧烤等配套设施齐全。一些台湾民众三五成群，在油菜花海边席地而坐，野餐闲谈。靠近山谷的木屋阳台上，一对情侣正喝着咖啡，远眺山景。此情此景，令人艳羡。

车开到最高处，就是雪山登山口管制哨。拾级而上，站在登山口前的平台上，中央尖山、南湖大山、桃山等名山高峰一览无遗。一阵风来，浮云被吹开，但一会儿又回来缠绵在山腰。一路被雨雾所苦的我们，终于可以大饱眼福，把群山绵延的景观看得真真切切。

台湾高山地区，午后容易起雾，中横沿线尤为甚之。为了归途的安全，我们下午2时就得驱车离开武陵农场，既无法登雪山，也无法去看桃山瀑布，因为步行到瀑布来回要10千米。桃山瀑布飞流直下数百尺，是台湾有名的瀑布之一，据说非常壮观。因为常被云雾深锁，游人到此只闻水声如雷，只见水汽如烟，难得见到白练垂山的真容，因此又名"烟声瀑布"。

再见了，武陵！我将再来，下次不会再这样步履匆匆，辜负你的美意。

"台湾屋脊"高不可攀

离开武陵农场，不忍开明兄一人独行，我们没有乘坐客运从宜兰回台北，而是陪他从原路返回埔里，再换乘客运、高铁回台北。在埔里车站道别时，开明兄一直觉得很遗憾，说如果再能多待一天的话，就带我们去南投县水里乡看蛇窑和

武陵农场的油菜花田与雪山主峰相映成趣

tip 8

自驾车上合欢山前，最好提前把车加满油，因为沿途加油站很少。

tip 9

山区急救难度很高，有高原反应者请量力而行，提前备好相关药品。

tip 10

大禹岭、福寿山和梨山是台湾最好的高山茶产地，采茶季节可以前往参观采茶、去青、炒茶的全过程。一般五至六月采春茶，九至十月采冬茶。

薰衣草田，甚至可以走新中横去看玉山。

新中横公路全名为"新中部横贯公路"，原计划由水里乡横贯到花莲县的玉里镇，但受限于地质条件，再加上要保护珍稀动物台湾黑熊的栖息地，结果成了"半吊子工程"，目前只有嘉义玉山线、玉里玉山线、水里玉山线三个路段，不是真正的全线东西横贯公路。

新中横公路的最高点是海拔2610米的塔塔加。"塔塔加"是台湾世居少数民族邹人语言"Tataka"的音译，意为"宽阔草原的地方"，位于玉山公园西北园区、南投县信义乡与嘉义县阿里山乡的交界处。从塔塔加游客中心登山口进入，是登玉山最便捷、最热门的一条线路。

说到玉山，可以说是我的一大缺憾。登玉山是我多年的愿望。早些年因为山上通讯不便，担心两天一夜的登山行程会漏报新闻，耽误工作而不敢去登。后来，通讯问题解决了，我三度做好登山计划，也请台湾旅游业者代为申请、候位，最终都因为时间不凑巧，到驻点期满离台时还没排到，至今未能登顶。

"葬我于高山之上兮，望我故乡；故乡不可见兮，永不能忘。葬我于高山之上兮，望我大陆；大陆不可见兮，只有痛哭。"

2003年在两会记者招待会上被温家宝总理引用，而更为两岸人民熟知的上述诗句，出自国民党元老、近代"草圣"于右任的著名诗篇《国殇》（亦名《望大陆》）。至于诗中的"高山"何指，于老1962年1月12日在日记中写道："我百

tip 11

武陵农场有武陵宾馆、富野度假村等星级饭店，住宿条件很好。推荐武林宾馆的排骨山茼蒿火锅，是我在台湾喝过的最鲜美的汤。喜欢看星星的，到农场露营区露营，更具野趣。

tip 12

在高山地区用餐，一定要点白斩鸡、炒高山高丽菜，相比平地，更加味美多汁。

tip 13

高山地区入夜温度很低，加上湿气大，记得要多带御寒衣物。

年之后，愿葬玉山或阿里山树木多的高处，山要高者，树要大者，可以时时望大陆。我之故乡是中国大陆。"

寄托于老思乡情怀和抒写两岸同胞分离之痛的玉山，海拔3952米，是台湾也是东亚第一高峰，有"台湾屋脊"之称。在台湾，单车环岛、横渡日月潭、登顶玉山是考验"驴友"是否达到"骨灰级"的三大标准。一位登遍台湾"百岳"的高山导览义工告诉我，登玉山的难度其实不如雪山、奇莱山等另外几个高山。但在我看来，玉山依旧高不可攀，因为为了保持它的清洁美丽不被破坏，玉山公园管理处数年前就规定，登山者须提前一个月申请，每天允许上山的人数控制在百人以内。这样一来，报名登山者就要先进行排队抽签，有些运气欠佳的甚至要排上两三年。我大概就是这样的运气欠佳者！

据我所知，大陆赴台驻点记者中，截至2011年5月，只有人民日报社两名男记者和我的女同事李寒芳登过玉山之巅。应我的请求，她回忆了自己2010年5月攻顶玉山的经过——

登玉山首先要考试，登录"玉山E学苑"学习影片资料后，在网络上答题取得资格；其次登山还需各种装备：登山靴、照明头灯、登山杖、户外衣物、雨衣、碗筷……

tip
14

到武陵农场有由西、东两个方向前往的路线。坐长途客车，可在台中火车站前或丰原客运，梨山往武陵农场的丰原客运，于终点站下车即到；或在宜兰火车站旁或罗东搭往梨山的台汽客运，于武陵农场站下车即可。往来武陵的班车车次不多，最好提前购票。

tip
15

武陵农场四季皆有美景，全年开放。到武陵农场游览，最好规划三天两夜，否则就会像我一样深感缺憾。如要登临雪山，请提前配齐专业登山设备，并练好身体，且需由专业登山导游或义工陪同，以确保安全。

驴友们往往选择从海拔2600米的塔塔加鞍部玉山登山口登山，我也不例外。由于2009年台湾"八八风灾"的缘故，原本就狭窄崎岖的山路堆满了大小不一、棱角嶙峋的碎石，山间不少地方还挂有"小心落石"的告示。而从塔塔加到玉山顶峰有90座栈桥，桥的一边是高山峭壁，另一边往往就是悬崖深谷，栈桥的木板由于常年风吹日晒雨淋，有的已经腐朽不堪。这让负重10千克的我每一步都如履薄冰。

一路上，经过铁杉林带、断崖区、大峭壁等景观，可休息的地方仅有孟禄亭、白木林观景台两个。每到一个休息站，大汗淋漓的山友们都纷纷卸下重负。我一边休息，一边抬头远望，连绵的山岭就在眼前，高山杜鹃含着雨滴娇艳盛开，潺潺溪水山中环绕……辛苦之后近看远读群山环列、翠色逼人，我才真真体会到"此山浑似美玉"（玉山的得名由来）。

"排云山庄到了！"经过6个小时的跋涉，没有什么比看到这个小小的告示牌更令人欣喜了。排云山庄是玉山登顶的唯一宿营地。这里海拔3402米，距玉山顶峰直线高度只有550米，至顶峰的路程为2240米。大部分登山客都会选择在此休憩一晚，凌晨两三点攻顶看日出。

名为"山庄"，其实就是一个简陋的大房子。庄内有6个房间和一个厨房，可容纳近百人，室外还能搭建临时帐篷。整个山庄每天大约有四五名员工，来自排云山庄上有医疗救助站，一旦出现高山反应不要强行攻顶，应及时就医诊断。

tip 16

自驾车的话，可以循我们的线路，也可以从宜兰市区走台7线到栖兰，转台7甲线到武陵农场，车程约2个半小时。推荐自驾车，因为农场面积很大，但除了桃山瀑布需要步行外，其他景点基本都可以把车开到跟前。记得上山前加满油，进入山区开大灯、雾灯。

tip 17

布农或其他世居少数民族同胞。晚上5点，排云山庄的工作人员端上十几盘热乎乎的饭菜，有肉有菜，品种还算丰富。对于啃了一路冷面包、喝了一路冷水的我而言，这样的热饭热菜真是人间美味。

排云山庄的卧室是上下两层的大通铺，每人分配一个睡袋。大概7平方米的小房间里要住16人。房间在白天也阴冷潮湿、漆黑一片，需要开头灯照明。但对于疲惫一路的众人而言，有个遮风避雨的地方就足矣。凌晨3点20分，一队队攻顶队伍集结完毕，各队互相击掌报数，井然有序地出发，一些出现高山反应的队友则不得不留在山庄。

在宽度仅容一人的"Z"字形迂回山径中，大家磕磕绊绊地走着。天地之间，偶尔听到漆黑夜幕中响起的前后人员的呼唤与应答声，还有碎石踩落滚下的唰唰声。从山腰上望过去，每个人的头灯连在一起，如同一道逶迤的火线缠绕山间。1个半小时后，到达位于主脊上的大风口时，我已经上气不接下气。此时，导游大声告诉我们，"接下来的路是最难走的一段，需要手足并用攀爬，大家稍作休息后，丢掉登山杖出发。"

果然，最后1500米是玉山的最后一道难关。凛冽的风夹带着森冷的寒气，从四面八方呼呼袭来，稍不留神就有可能被吹落山谷。所有人都是手脚并用，奋力向玉山顶峰冲刺。

tip 18

排云山庄到玉山顶峰的一段路程最为艰难，建议轻装上阵，尽量不要携带任何重物。尤其山顶侧风非常强劲，需要双手紧握铁索，因此随身卡片机会比单反相机更易捕捉身边美景，也更为安全。

tip 19

体能不济者，可聘请『山青』帮着背负行李；再不济者，建议遥望玉山，看自己的山，让别人去爬吧。

tip 20

爱护环境，除了留下脚印，请不要在玉山留下任何物品。

凌晨5点多，我终于登上玉山顶峰。顶峰瘦窄的山脊面积不过20平方米大小。站在玉山之巅，西眺阿里山、北看雪山、南望大关山，真是"会当凌绝顶，一览众山小"。

听寒芳讲述登玉山的经过，我听得惊心动魄，也羡慕不已。或许正是因为过程分外艰辛，目标实现之时的快乐也超乎寻常吧。

寒芳说，在玉山之巅，现在看不到于右任的铜像了。1964年11月，于右任在台湾病逝，虽然没有如愿葬于玉山，但为实现他的遗愿，1967年8月，台湾一些青年学生自筹资金，在这里塑造了一座于右任半身铜像。当时测量玉山山顶海拔为3997米，右老的铜像高3米，正好凑成整数——4000米。但是，铜像后来为"台独"分子蓄意破坏，现在取而代之的是一块标有"玉山顶峰"及海拔高度的石碑。

"有图有真相"，只有和这块石碑合影为证，才能申办玉山攻顶证书。我热盼在不久的将来，能与石碑合影，在证书上骄傲地写上自己的姓名。

上图·中横公路沿线可以看到壮观的雪山，在亚热带的台湾显得很不真实
下图·车行中横公路，每一步皆是风景

南横：
行至路穷处，坐看云起时

"人不能两次走进同一条河流。"这是古希腊哲学家赫拉克利特的一句名言。像我这样在两天内连续两次走同一条公路——南横公路，在台湾很多人看来，也几乎不可能。

在走完北横、中横之后，穿越南横就是我的下一个目标。台湾的好朋友们听说后，纷纷劝我不要冒险，因为南横沿途天气恶劣、地质灾害频发，已经断路多年。但为了实现走完"三横"的心愿，我毅然决定冒险前往。我的决定得到多年好友胡声安的支持。他读初中时和同学到南横健行，已20多年没有再去过南横了。

2011年5月13日上午9点半，我驾驶租来的"天籁"轿车，和声安从台东县的卑南乡出发，不到一个小时，就到了海端乡海端村、关山镇德高里交界处。当台20线的三角形标志出现在眼前时，我们的南横之旅开始了。

南横公路西起高雄市的甲仙乡，东至台东县海端乡，在台湾岛的南部横穿中央山脉。这条公路的前身为日据时期的理蕃警备道"关山越岭道"，1968年7月动工，1972年10月通车，历时4年4个月。由于大部分路段均为新辟道路，且采取类似中横的传统人力方式开辟、修筑，工程极为艰巨，全长209千米的道路施工期间共有116位工作人员罹难，每一千多米就有一人捐躯，说建设者的热血洒遍南横公路，并不为过。

南横公路修建初期只是碎石路面，大风吹来，尘土飞扬，直到1994年才全面铺封沥青混凝土，但此后时好时坏，2009年"莫拉克风灾"发生后，南横多处路段崩塌，至今还没修通，形同断路。驾车的话只能到达154.5千米处的向阳森林游乐区，而后就必须步行或骑乘自行车、摩托车，穿过崩塌路段，继续前往甲仙。

我们当天的目标就是抵达向阳。过了海端村，渐渐进入山区，路越来越窄，单向只能一车通行，转弯也越来越多。路过的多是台湾世居少数民族布农人的部落，说是部落，其实除了还有"聚会所"这样的民族特色场所外，外观与一般汉族乡村无异。

天气晴朗，山色空明，开车的过程，就像在看一个移动的画展，因为前方是不断变换的风景，每一次的转弯、爬高，眼前就是一幅山水画。我不断提醒自己不能得意忘形，务必要小心驾驶，因为路的左侧是崖壁，不时有"小心落石"的警告标志，路上也时常可以看到滚下的小石头，有些石头少说有10斤重；右侧则是越来越深的峡谷，容不得半点闪失。

绝大多数时间，公路上只有我们一辆车，难得的几次会车，让我们都感到兴奋，就像汪洋中看到另一艘船似的，人真是物以类聚，还是喜欢同类啊！

花了一个来小时，我们开了23千米，抵达著名的天龙温泉饭店，停车休息一下。在峡谷之中，能有这样一个上档次的饭店，真是难得。天龙饭店的卖点在于温泉，在高山峡谷中泡温泉，是相当难得的体验。据台湾经济部门地质调查所2007年2月公布的调查结果，南横沿线共有多达21处的天然温泉露头，是台湾温泉资源最为丰富的一条横贯公路，更难得的是这些温泉都属于俗称"美人汤"的碳酸氢钠泉。

饭店一旁，是著名的天龙吊桥，从饭店跨越新武吕溪到对面的山上。虽然吊桥两边都有绳索保护，但毕竟凌空数十米，我走在桥上，摇摇晃晃，不寒而栗。往下看，堂堂溪水变成涓涓细流，自"V"形峡谷中呈"S"形流向更下面的峡谷，逝者如斯，昼夜不息。桥的另一端，是日据时期开拓的天龙古道的入口，沿着步道前行，树荫浓密，沿途可以观赏无患子、青刚栎、台湾榉木、贼仔树、江某、"山猪肉"等各种树木，终点是南横179.2千米处。

天龙饭店的前面是南横最壮丽深邃的雾鹿峡谷，山更高，谷更深，弯更急，路更险，景更美。道路蜿蜒，不断攀升，有的路段破损严重，我们开始看到正在修路的工程机械，真不知道这些"大家伙"是怎么开进来的。

下午1点，我们抵达南横沿途最大的村子之一——利稻部落。村里有属于"救国团"的利稻山庄，声安当年参加南横健行就住宿在这里，现在已经废弃了。我们在山庄旁的一家杂货店用午餐，点了一大碗脆笋（腌制的笋片）汤、一盘炒高丽菜和两份炒饭。大概是因为路途劳顿，我和声安吃得特别香。

在我们吃饭的时候，突然下起雨来，雨势越来越大。杂货店老板夫妇是这个布农人部落唯一的一对汉族夫妻。老板娘好心提醒我们说，这里好几个月没下雨，现在雨这么大，山上肯定会落石，搞不好还有泥石流，你们可别再往前走了。

吃完饭，和老板娘聊了会儿天，雨还是一点没有停的意思，我们只好告别利稻，沿着来路，慢慢开回台东。再经过雾鹿峡谷时，路面的落石比来时多了一些。雨水与蒸腾的雾气，把峡谷笼罩起来，使之更显深邃。能见度的下降，也让路途更为艰险。一路小心驾驶，直到过了初来大桥，前面已是一马平川，我们才舒了一口气。

天公不作美，人力难胜天。尽管有遗憾，我们也只能接受。回到台东市，当天晚上，我收拾好行装，准备第二天中午坐飞机返回台北。

第二天早餐时，声安突然说："我看今天天不错，要不咱们把航班推迟到傍晚，再走一趟南横，不到向阳，你肯定会感到遗憾的，书都不好写。"我原本已经熄灭的希望重新燃烧起来，当即表示赞成。

上午9点，我们再度驱车出发。前一天已经走了一遍，轻车熟路，一个来小时就开到利稻。从利稻（海拔1068米）再往上走，海拔越来越高，路也越来越破。在摩天一带，山路出现连续急弯，稍有不慎，就可能掉落谷底。而就在这样一个凶险之地，居然还有一大片茶园，出产所谓的"摩天茶"。我没有喝过摩天茶，但我想如能喝到，我一定会备加珍惜，因为真是"茗茶香自苦寒来"。

从摩天往向阳的路上，每走一小段，就会出现严重破损的路面，已经完全见不到沥青和混凝土的踪影，只有坎坎坷坷的黄土与溃不成军的碎石。工人操纵

tip 1

南横公路沿线有一个被唤作『天使的眼泪』的嘉明湖，是由陨石撞击形成的高山湖泊，即使在台湾知道的人也不多。前往嘉明湖的步道，沿途可以看到壮丽的高山峡谷、断崖崩壁、森林草甸，名列台湾林务局组织评选出来的16条『精选中的精选』梦幻步道，但其挑战性极高，属于专家级。具有丰富登山经验者，可以尝试。

tip 2

从景观角度讲，南横的东段比西段更有看头，在道路无法贯通的情况下，先走东段，而且沿途布农人的风情值得领略。

南横

着吊车、混凝土浇灌车等大型工程机械，正在悬崖边浇筑新的路基，让人看得心惊胆跳。这些"大家伙"比我们昨天看到的体量更大，要从南横开过来肯定不可能，要么是分拆后到此组装，要么是用重型直升机直接吊过来的。

快到向阳前的一个路段，几个工人正在机械与构件旁休息，对我们的到来投以诧异的眼神，大概是奇怪怎么还会有人走南横。我停下车来，问他们："这个工程做多久了？"一个工人回答说："做了一段时间了。"我又问："那什么时候能完工啊？"工人用无奈的口气说："谁知道呢！"

就在我们对话的时候，几块石头从山坡上咕噜咕噜滚了下来，砸在路边上。我们和工人见怪不怪，继续聊天。南横交通不便，工程机械和水泥、石子等物资运入本就不易，再加上台湾多灾多难，地震、台风、暴雨频发，只要灾害发生，即将完工的道路和护路工程，就可能功亏一篑，工人们就得投入血汗重修、从头再来。这就是南横至今未能抢通的主要原因。

驶过这些破损路段，越靠近向阳，路越好走。中午12点左右，我们终于抵达向阳森林游乐区的入口，路牌标示这里是南横154.5千米处，正前方已经设置路障，告诉人们"道路中断，禁止通行"。

我们停好车，步行进入游乐区。柏油路面完好无损，山坡上防护网、乱石砌成的石坝，阻挡住滚落的碎石，避免滑坡。上面是茂密树林，林间绿草如茵，不知名的野花绚烂开放。山谷里一会儿云海涌动，一会儿又化成几缕云烟，在天地之间轻盈舞动。

走到崩塌的垭口和大关山隧道，是我们步行的预定目标。大关山隧道位于南横147千米处，是南横的最高点。我一边步行，一边不住拍摄眼前的美景。前后寂静空旷，只能听到我们的脚步声和树上的鸟叫声。这里仿佛就是一个"失落的世界"！

快走到152千米处时，碰到一辆工具车，载着修路工人与我们擦肩而过，大概是回去用午餐吧。再往前走，一只老鹰在山谷里翱翔。往下看，山谷里是密不透风的林海，深不可测。一大片山坡挟带着原来的路基，滑落在树丛上。原来我们脚下的这条公路已经是重新修建的道路了。不知道我们下次再来，它是否还安然无恙。

走到"U"形山谷的中点，两边的山脉像两只张开的臂膀，拥抱着前方的层

当地人特色的抢猪比赛

峦叠嶂，当中是变化万端的云海，真是"行至路穷处，坐看云起时"。这样的达观与自在，对于我们的人生又何尝没有启示呢！

饥肠辘辘，大关山隧道看来还遥不可及。我们决定折返，下午两点多，回到了海端村。

海端村正在热闹举行布农人一年中最盛大的祭典"射耳祭"。"射耳祭"通常选择在4月中旬到5月中旬的农闲时间举行，会举办一系列族人之间的技能竞赛，以及所有部落男童的成年礼，男童要用箭射中鹿耳朵，才能"转大人"。射箭、摔跤、抢猪等竞赛既紧张激烈又趣味十足，连我这个外来的汉人都看得十分投入。所有族人在仪式和竞赛后，开始饮酒歌唱。

在布农人天籁一般的"八部合音"的吟唱中，我和声安吃着现烤的香肠、斑鸠，喝着青草茶，既分享布农人的欢乐，也庆祝我们从南横平安归来。

有惊无险的南横之行结束了，但我这次走的只是东段，希望下次再到台湾时，南横公路贯通，从西往东走个全程。只有这样，才能算是百分百地完成穿越"三横"的心愿。

从海端到台东市途中，会经过鹿野高台，沿着路标指引很快便会抵达。站在高台上，可以饱览花东纵谷的美丽风光和云海，勇敢者还可以玩滑翔伞。高台正后方有一家大型茶庄，店家是当地有名的茶农，自产自销『福鹿茶』，茶好且价格实在。

到南横推荐自驾车，开车和坐车的感觉真的差很多，而且最好是开越野车。台东机场、火车站都有专业租车公司提供租车服务，但如要租越野车，必须提前预约。

行至路穷处，坐看云起时。南横沿线壮观的云海，让游人觉得路途再艰险都值得

"天地有大美而不言，万物有成理而不说。"

台湾众多离岛上那些天造地设、鬼斧神工的美景，不断印证着庄子的这句名言。在澎湖、兰屿等离岛旅行时，我常常为眼前所见而惊艳，却不知如何形容。或许，天地之大美本来就难以言表，也毋庸言表。

金门、马祖的前世今生，是一部实体的《战争与和平》。目睹它们的华丽转身，我愈加热爱和平，珍惜当下。

造物主是公平的，它放逐一些岛屿，也给了它们天使般的容颜。倾倒于神迹，我学到的是敬天爱人。

离 岛 走 透 透

绿岛
没有椰子树

"这绿岛像一只船，在月夜里摇呀摇，姑娘哟你也在我的心海里飘呀飘，让我的歌声随那微风，吹开了你的窗帘，让我的衷情随那流水，不断地向你倾诉。椰子树的长影，掩不住我的情意，明媚的月光更照亮了我的心，这绿岛的夜已经这样沉静，姑娘哟，你为什么还是默默无语。"

这首《绿岛小夜曲》堪称华语音乐经典，在海内外炎黄子孙中传唱不衰。但围绕这首歌曲，也有两个"三人成虎"的误会：一是歌曲所指的"绿岛"就是台东东方约33公里处太平洋上的绿岛；二是说这是一个关在绿岛监狱的政治犯因思念恋人而作。

我2001年2月第一次去绿岛的时候，也是这么以为的。第二次再去时，环岛一圈下来，突然觉得不对啊，走遍绿岛怎么没有看到"椰子树的长影"？回来查了一些资料，原来《绿岛小夜曲》诞生于1954年仲夏夜，是台湾"中国广播公司"音乐组的两位工作人员周蓝萍与潘英杰共同创作出来的一首纯粹的情歌，歌中所唱的"绿岛"实指"绿意盎然的台湾岛"。只不过台东确有一个离岛叫绿岛，岛上又正好有一个曾经用来关押政治犯、黑道"大哥"等要犯的监狱，因此穿凿附会、以讹传讹至今。

绿岛是个小岛，面积只有15.09平方千米，原名"火烧岛"，台湾光复后改为现名。全年丰沛的降雨，让绿岛除了民居、机场和海滨的礁石，几乎全被植被所覆盖，绿得恰如其名，从空中俯瞰好似浮在蔚蓝太平洋上的一颗绿宝石。

从台东到绿岛有两种交通方式，坐飞机或乘船。除了一次从兰屿乘船到绿岛外，我其他几次去都是乘坐只有19个座位的螺旋桨小飞机。因为距离只有30多千米，所以全程飞行时间前后才15分钟，一盒纸包饮料打开后还没喝完，飞机就降落在绿岛机场短短的跑道上。

下了飞机，首先进入视野的就是著名的绿岛灯塔。高33米的白色灯塔耸立在太平洋边，以蓝天碧海为背景，显得优雅而圣洁。这是绿岛的地标，也是摄影爱好者喜欢拍摄的绿岛景点。

出了机场，就进入绿岛地区。绿岛现为台东县下辖的一个乡，下设南寮、中寮和公馆3个村。据历史记载，绿岛最早为达悟人、阿美人等台湾世居少数民族的居住地。

灯塔　　中寮湾　　将军岩　　燕子洞　　中寮　　公馆　　观音洞　　绿岛机场　　南寮　　南寮渔港　　南寮湾　　睡美人岩　　哈巴狗岩　　孔子岩　　太平洋　　温泉　　朝日温泉　　帆船鼻

绿岛

嘉庆十八年，小琉球的汉人渔民曾胜开等被风吹至绿岛，于阿眉山下的海滨开垦，即为今公馆村，并且招小琉球家眷及民众至，为汉人入垦之始。现在绿岛设有户籍的有3000多人，常住人口只有1000多人，主要是汉族，通行方言是闽南话。

绿岛居民早期以农渔业为生，20世纪70年代曾风行饲养梅花鹿，近年来主要从事观光业。因为紧邻港口，南寮最为热闹，岛上大部分商店、餐厅、旅馆和旅游纪念品商店多集中于此，虽然规模很小，但市面繁华，被我戏称为"绿岛CBD"。

近几年绿岛每年都有约40万人次的游客，旺季是5月到10月，暑假期间平均每天有约5000名游客。南寮环岛公路边上停着密密麻麻的摩托车，游客骑着摩托车呼啸来去。我最早两次去绿岛，就住在南寮村的一家小饭店，房间设备简陋，谈不上有什么隔音设施，入夜后车声人声特别吵杂，让我对"小夜曲"的幻想彻底破灭了。

驾驶摩托车是游绿岛的首选交通方式，行动自由快捷（绿岛周长只有约20千米），环岛仅需40分钟，而且在青山碧海之间风驰电掣确实潇洒惬意，加上租金便宜，一般一辆车24小时仅需300元新台币。除了摩托车，当地的租车业者还提供大巴、自行车、轿车和电瓶车等其他交通工具。

由于没有台湾的驾驶执照，我之前去绿岛都是骑车或包租当地业者的轿车。2007年5月，我和同事再去绿岛时，因没有台湾驾照，只好再一次骑自行车环岛。

火山作用形成绿岛鲜明的地理特征，岛上的知名景点观音洞属于石灰岩地形，燕子洞属于珊瑚礁岩，"哈巴狗和睡美人"属于火山集块岩。骑车环岛，海边随处可见形状各异的珊瑚礁岩：状似头戴战盔面海而立的大将的将军岩，惟妙惟肖的"哈巴狗与睡美人"，如孔子面壁的"孔子岩"……翻涌的海水不断在这些礁岩上拍打出洁白的浪花，衬以岛上丘陵葱茏的树木，构成一个个美丽的剪影。

艳阳高照，3个多小时下来，我已是大汗淋漓、气喘吁吁。那时台湾还不风行骑自行车，相遇的路人、游客对我们报以敬佩的目光和"加油"声，让我觉得辛苦亦值得。

浮潜是绿岛另一热门观光项目。绿岛周边海域水下生物资源丰富，鱼类约有400种，大多色彩斑斓，还有大片大片的珊瑚，加上水清见底，因此，许多人到绿岛都会享受潜入水中与鱼共舞的乐趣。但我去了这么多次绿岛，都由于行程匆匆，无法亲身体验，只能望洋兴叹。

上图·从小飞机上俯瞰太平洋和绿岛
下图·绿岛的朝日温泉是世界三大海水温泉之一

tip 2

绿岛到台东，夏季船班约一小时一班，冬季则每天固定一班次。单程航行时间约50分钟，票价400元新台币。绿岛和兰屿之间、绿岛与屏东后壁湖之间有不定期船班，以包船为主。

海水温泉举世罕见，但绿岛就有一处，此外，日本、意大利各有一处。我晚上来"朝日温泉"时，几个汤池里都是人。泡在海边的汤池中，耳听海涛声声，眼望夜空残星几颗，顿时，奔波一天的疲劳消失殆尽。虽然没有明月，没有椰子树，但我觉得这才真正体现《绿岛小夜曲》的韵味。朝日温泉24小时营业，有些台湾民众喜欢凌晨前来这里，边泡温泉边欣赏大气磅礴的太平洋日出。

绿岛最著名的人工建筑，就是绿岛监狱。"两蒋"统治时期，绿岛监狱是台湾当局关押政治犯的地方，称作"台湾绿岛技能训练所"、绿洲山庄，"红衫军"倒扁总指挥施明德、台湾当局前副领导人吕秀莲等人，都曾被关押在这里。后来，台湾当局开展"四清"专案扫黑行动，又有一批黑道分子、重大刑事犯被押解到绿岛监狱，梁家辉、刘德华主演的电影《黑金》就有相关情节。

那时候，绿岛在大部分台湾人眼里，就是一个只有犯人，即政治犯、黑道"大哥"和流氓扎堆的地方，闲人不得进出。我采访时，乡长告诉我说，他年轻时到台湾本岛当兵，一开始听说他来自绿岛，军中同袍都对其敬而远之，以为他的父母是犯人。

"绿岛技能训练所"和绿洲山庄在2000年5月民进党上台"执政"后，被改为"台湾人权纪念园区"，对外开放。走进训练所内，墙上的电网已经成了摆设，逼仄的牢房空空荡荡，墙壁上"台独即台毒"、"回头是岸"等标语却还依稀可见。

在离"台湾人权纪念园区"不远的公馆村，有一座新盖的"台湾绿岛监

tip 3

在绿岛住宿，建议选择巴厘岛会馆等新一点的饭店或新开的民宿，至少能保证较好的住宿、通讯条件。

tip 4

绿岛岛上开通了观光公交车线路，随招随停，每天共有8个班次。不愿意租车、包车者，也可乘坐公交环岛。

tip 5

到绿岛旅游要随时留意天气预报，如有台风暴雨即将来袭，见势不好，赶紧离岛，否则就可能被困数天甚至一周，因为这时候绿岛所有联外交通都会中断。

狱"，目前还是台湾司法机关关押重大刑事犯的地方。因为绿岛孤悬汪洋之中，犯人即便越狱成功，也插翅难飞至本岛。

绿岛的旅游纪念品商店，有卖绿岛、绿岛监狱观光纪念T恤，上面大多有4个显眼的字"大哥专用"。这当然是黑色幽默了，绿岛其实是个民风淳朴、生活简单的地方。岛上冬季受东北季风影响，全年4级风以上天数约达160天，这时候游客罕至，许多餐厅和经营潜水、租车业务的店家都关门歇业，居民纷纷外出探亲访友或旅游。

或许是靠天吃饭的缘故，岛上居民乐天知命。我们用餐的小吃店老板夫妇是从高雄来这里创业的，在南寮开了家"徐记古早味"小吃店。我问他们为什么要来绿岛，老板娘卢小姐说："他喜欢钓鱼，我喜欢看海，所以就来这里了。"尽管挣钱不多，但他们像"老绿岛人"一样知足常乐。在这样的民风下，绿岛的公职人员大多闲来无事，派出所员警很多都成了钓鱼高手，因为岛上少有案件发生，即使有人偷了车，也难以运出销赃。

近年来，绿岛的民宿、商店越开越多，旅游接待条件比以往有了很大改观。虽然岛上没有一棵椰子树，但绿岛人和商家都很乐于"战略模糊"，在旅馆和往来绿岛的班轮上，反复播放着费玉清等歌星演唱的《绿岛小夜曲》。

"这绿岛像一只船，在月夜里摇啊摇……"每次从绿岛乘船离开时，耳边都缭绕着这婉约、轻柔的歌声，回望浪漫、美丽的绿岛，我就会想，世界上有些事还真不能分辨得太清，只要是"美丽的误会"，那又何妨"一误再误"呢。

緑島海濱

惊心动魄
访兰屿

"先生！兰屿地区现在气流很不稳定，您的航班可能延迟或取消，就是去了也有可能被困七八天，因为不一定有返程航班。"

2008年10月14日上午，我和同事赵博、人民日报社记者姚小敏、孙立极一起到兰屿采访。当我在台东丰年机场向德安航空公司的柜员出示订位单时，柜员一开口竟然劝我别去。在知道我已订好离开兰屿的船票后，柜员才开始给办理登机手续，办好还不忘再叮嘱一句："我们的航班有可能取消呦，请您注意听广播通知！"

德安是唯一一家开通台东—兰屿、台东—绿岛航班的航空公司。这些年来，我曾经多次前往兰屿、绿岛采访，以往到兰屿办理登机手续都很简单，从来没有这么"啰唆"过。柜员这一席话，让我心中不免忐忑起来。

半小时后，终于听到可以登机的通知。10时50分，我乘坐的19座螺旋桨小飞机在震颤中滑行、猛地拉升，升空后又猛拐一个弯，向着兰屿飞去。有的乘客发出惊叫，我的心也跟着悠了一下。当飞机爬升至与云朵比肩时，飞机下方，无边无际的太平洋仿佛凝固了，除了云还是云，除了海还是海，飞机的轰鸣仿佛是这个安睡中的世界发出的鼾声。

11时5分，前方海面浮现出一个绿色岛屿，越来越清晰。飞机开始下降，挨着岛的外缘摇晃前行，一个猛拐、下坠，扎向跑道，前冲、急刹、调头、滑行，终于停住。踏上机场的土地，我长长地出

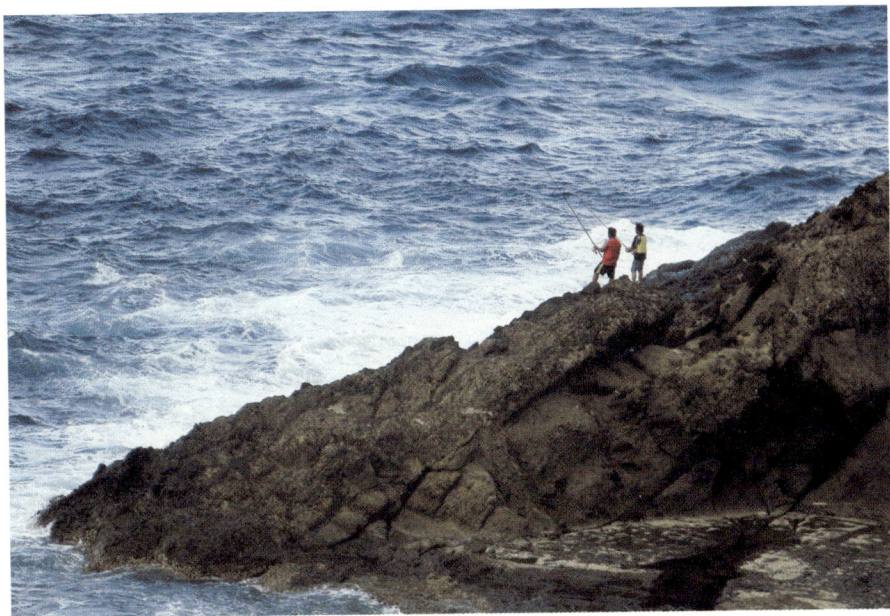

钓客在兰屿海滨垂钓

了一口气，同机的其他乘客很多人都在胸口画"十"字。一位男士捂着胸口对我说："我刚才心脏都快跳出来了，不停地祷告！"

兰屿位于台湾本岛东南方的太平洋上，距离所隶属的台东县49海里，对外交通依靠船和飞机，但气候恶劣时，两者皆不能运营，居民有时得困守孤岛七八天。来机场接我们的司机说，"飞兰屿的机长是世界上最危险的职业"，因为兰屿机场上空常有乱流，飞机降落时如遇强烈侧风，不是撞到山体，就是被刮进海里。而我到的这个时候，东北季风已经开始吹袭兰屿，成为飞行安全的最大威胁。

兰屿因盛产蝴蝶兰而得名，是台湾世居少数民族达悟人的家园。达悟人大约800年前自菲律宾的巴丹群岛迁入，跟巴丹人的语言及文化有许多共通的地方。兰屿有人口3900多人，除到台湾本岛就业求学的，约有一半人口生活在岛上，90%为达悟人。

方圆45平方千米的小岛上丘陵起伏，满目葱茏，海滨怪石林立，形状各异。由于终年高温，传统上当地男子往往赤裸上身，仅穿丁字裤，驾驶独木舟在太平洋上追捕飞鱼。神秘独特的习俗和淳朴原始的风貌，使兰屿被誉为"台湾最后一块净土"（花莲是台湾本岛的最后一块净土）。

兰屿设乡，下辖4个行政村，包括东清、野银、朗岛、椰油、渔人、红头共6个部落，依山傍海，自成聚落。摩托车是岛上最便利的交通工具，我们4人租借了两辆摩托车。台湾规定，骑摩托车要戴安全帽，否则处以罚款。我们此前在澎湖租车时，当地业者还特别提醒我们要戴安全帽。可在这儿规定似乎是不管用了，当我推着摩托车要出发，问"需要戴安全帽吗"，肤色黝黑的小伙子一脸"坏笑"地说："在我们兰屿，戴安全帽是要被罚款的！"

我们不禁大笑起来，"天高皇帝远"，兰屿孤悬海外，台湾地区的法规在这里有令不行并不让人意外。虽说小伙子是开玩笑，但所言不虚，我们一路上碰见的当地人，都是不戴安全帽骑着摩托车风驰电掣。由于日照强烈，常年吹着海风，他们都与小伙子一样肤色黝黑。

按照采访计划，我们先前往乡公所拜会乡长，不巧恰逢他午休，于是继续前往朗岛村采访。车出乡公所，沿环岛公路而行，风越来越大，走到土地公庙前一个拐弯处，一阵大风突然袭来，摩托车"啪"地一声倒地，把我猛摔在路面上，左侧膝盖和肘部严重擦伤，鲜血流出。坐在我摩托车后座上的赵博伤势也不轻，兰屿简陋的环岛公路上第一次溅上新华社记者的血迹。侧风！侧风！2001年2月赴台驻点采访以来遭遇的第一次交通意外，让我终于领教了兰屿地区侧风的厉害。

路过的乡民关切地停下车来，帮我们拨打了急救电话。十几分钟后，兰屿卫生所来了一辆救护车。卫生所是岛上极少的几栋现代建筑之一，设备很齐全，护士一边给我清创、包扎，一边说："我们兰屿环岛都是水泥路，外来的人觉得路况很好，车开得比较快，不知道有些地方风还很大，所以常有摔伤的。"

尽管医生交代我们要静养，但为了完成采访计划，我和赵博一瘸一拐地骑上摩托车继续行程。龙头岩、情人洞、军舰岩、双狮岩……海边的奇岩怪石在大海衬

灯塔

太

平

洋

鲤盘岩
坦克岩
玉女岩
红头岩

乌珠岩
双狮岩

朗岛部落

军舰岩

东清部落

情人洞

一角

N

东清湾

椰油部落

馒头岩

野银部落

红头部落

渔人部落

铜盘岩
象鼻岩

八代湾

核废料存储厂

青青草原

尢头岩

小兰屿

兰屿

托、浪花拍击下，美得惊人，让人不由感慨大自然的鬼斧神工。李大钊先生曾经说过："绝美的风景，多在奇险的山川，绝壮的音乐多是悲凉的韵调。"兰屿确实奇险，也确有绝美的风景。

环岛公路一侧是起伏的丘陵和种着芋头的农地，另一侧是灌木丛、断崖和浩瀚无际的太平洋。海天一片蔚蓝，当中是慵懒的白云和清新的绿色，很多路段前后都不见来者，这个岛屿好像千万年来未曾睡醒一般，"天地有大美而不言"，诚哉斯言！

日据时期，日本政府将兰屿划为人类学者的研究专区，禁止外人进入，与世隔绝因而保有其传统文化。20世纪五六十年代，台湾当局引入现代化教育，设立农场与管训队，兰屿开始对外接触。现在虽然很多达悟人除了节日，其他时间已经不穿丁字裤了，也不住在半地下的屋子里，改住楼房了，但达悟人独特的信仰、文化和习俗还是较好地留存下来了。

达悟人还会制作独木舟用于捕鱼，虽然会制作的人越来越少。据台湾《中国时报》2011年4月14日报道，兰屿达悟族人在2010年部落会议上达成共识，将按照古老工法，合力打造一艘长11米、宽1.85米、高2.9米的16座拼板船，横渡到台湾本岛。达悟人每年会举行飞鱼祭、吊鬼头刀祭仪、主屋落成礼、大船下水礼等传统祭仪，女人会在节庆上跳颇具特色的发舞；飞鱼、地瓜、芋头还是居民的传统食物，串珠、木雕、编织等传统工艺品则是游客青睐的纪念品。

与兰屿一衣带水的小兰屿是个无人火山岛，在达悟人心目中是祖灵的所在地，不得随便登临。达悟人从不祭拜自己的祖宗，认为祖先的墓地是恶灵所在之处，害怕前往。一些上了年纪的老人还迷信拍照会抓走自己的灵魂。我有一次到兰屿，偷偷拍摄一位穿着丁字裤的老人，结果被发现后，他很不高兴。我问他怎么才能拍他，他说："你给我买罐'维士比'（台湾出产的一种功能饮料，台湾世居少数民族朋友都很喜欢喝）！"我闻言一笑，给老人买了两罐，然后拍了他好几张照片。

兰屿早期社会过着自给自足的生活，种植水芋头、地瓜、小米作为主食，捕捞飞鱼，放牧猪羊等是主要的经济活动。时至今日，农业人口仍占总就业人口75%以上，其他人主要从事建筑和观光业。但观光业有明显的淡旺季之分，冬天

上图．达悟人仍然保持着传统的生活方式，他们将汛期捕获的鱼晒成鱼干佐餐
下图．达悟人的拼板舟是他们往来海上追捕飞鱼的交通工具

tip 1

兰屿与台东、屏东后壁湖之间有不定期的船班，以团客预约形态为主，如要乘船往返，最好通过旅行业者预订。

tip 2

兰屿与台东之间有由德安航空公司经营的19座小飞机，每天共有12个往返班次；冬季受东北季风影响，航班经常取消。

观光淡季时，业者多到台湾本岛或在兰屿当地打零工。

尽管生活不富足，但达悟人和善好客、乐天知命。我们路过朗岛村的时候，看到有家杂货店商品比较齐全，就进去买饮料。正好老板郭健平（达悟族名"夏曼夫阿原"）刚巡视自己的山羊回来，听说我们从北京来，便很热情地请我们喝咖啡。后来再一聊，我和他居然有共同认识的朋友，就更加亲热了。

兰屿随处可见山羊在山崖、海滨吃草，仿佛野放一般。我问郭健平怎么分辨哪些羊属于谁家，他回答说，每家都会给羊剪毛做个记号，谁也不会搞混，更没有人偷回家。我问他现在达悟传统文化传承得好不好，他忧心忡忡地说："我小时候还向族里长老学制作独木舟，可我的几个孩子现在都不大会讲达悟话了！"

告别郭健平，夜幕降临。没有路灯的山路两边黑漆漆，狂风呼啸，海浪拍打海岸，发出巨大的轰鸣声，我们小心翼翼地骑车摸黑回到下榻的兰屿别馆。

兰屿别馆是兰屿最好的旅馆，有着临海的绝佳位置和"别馆"的雅致名称，但设施却让人不敢恭维，水准也就相当于大陆偏僻落后地区的老旧招待所。我所住的房间只有七八平米大，电视机又破又小，只能收看4个频道。床头柜离床足有50厘米，而电源又在床头柜边，因为笔记本电脑需要连接电源，我只能盘腿坐在散发着霉味的床上写稿。房间里唯一贴心的设备是一台空调，在闷热的天气中送来阵阵凉风，不过伴随的是拖拉机一样的轰鸣声。

tip 3

乘船的话准备好晕船药，一般人受不了海上的颠簸。

tip 4

兰屿的交通以摩托车为主。环岛开通公交车两部，每天共有4个班次。

　　我问老板为何不花钱好好装修改造？他说，来兰屿的游客不是太多，而且一般都不在岛上过夜，"先这么维持着吧"。高温、多雨、强风、不稳定的气流，让许多人视兰屿为畏途。因为条件差，一般来兰屿的游客都不在岛上过夜，所以业者无意改善住宿条件，结果变成了恶性循环。

　　伤口发炎加上空调吵闹，这一夜睡得很不踏实。一早醒来，窗外下起雨，海水一片灰蓝。在附近的小餐馆吃过早餐后，我和同事到卫生所去换药，顺便偷偷上网。因为除了个别乡民家里装设外，这是岛上唯一能上网的地方。当班护士听说我们是大陆记者，很热情地把电脑借给我们用，还叮嘱"要多说说我们兰屿的美景呦"。

　　发完稿出来，风呼呼地刮。兰屿别馆的老板说，来往兰屿的航班都停飞了，估计要中断一个星期。对此，我早就见怪不怪，当即决定乘船离开。

　　兰屿渐渐远去，想起来时的惊险、岛上的惊魂和离程的"震撼"，我心有余悸，但回味岛上动人心魄的美丽风景，却又觉得不虚此行，忍不住又想下次来时一定要去看看位于岛中央山上的天池，据说在那里看到的夕阳，美得一塌糊涂。

　　兰屿，就是这样让人又爱又怕，又怕又爱，欲罢不能。

至今神秘
龟山岛

对于在台北工作的宜兰人来说，龟山岛就好比是第一道家门，因为天气晴好时只要穿过雪山隧道，就能看到龟山岛在远处告诉他们：宜兰到了，回家了！

我对龟山岛没有宜兰人的亲切感，却有浓厚的神秘感。在我看来，它是台湾最神秘的离岛，因为它曾经到处毒蛇流窜，在日据时期是毒蛇研究中心所在地。1945年台湾光复后又是长达24年的军事禁区，现在还是个无人岛，游客要想登临观光，必须提前预约且每天限定人数。

其实龟山岛离台湾本岛很近，从宜兰县头城镇远眺，清晰可见。面积只有2.85平方千米的龟山岛，由于龟尾是约800米长的细长沙洲，会随着海潮变化而出现砾石南北移动，远远看去仿佛一只活灵活现的海龟，这也是龟山岛名字的由来。

到龟山岛观光，首先会乘船环岛一周，岛上山体岩壁随处可见火山喷发的遗迹，有的岩壁可以清晰看见四层颜色迥异的断面，这是因为它曾在5000年前喷发过4次。整座岛笼罩着一阵微臭的硫磺味，提醒游人龟山岛现在还"活着"，是台湾地区唯一的活火山岛。所以，喜欢研究地质的人来台湾时，最好到龟山岛看看。

环岛行程中，最让我惊叹的是在龟脚部位的海底温泉"阴阳海"。碧蓝清澈的海面上，有一片略微浑浊的乳白色海水在不断喷涌，水质属强酸性，温度高达110摄氏度，让人望而生畏，却又忍不

tip 1

宜兰乌石港至龟山岛之间有观光游轮，开放期间每天有多个班次。为了避免白走一趟，去之前最好先电话预订船票。

tip 2

天气恶劣时，请取消旅游计划。此时可去乌石港附近的兰阳博物馆参观，无论在外观设计还是展览内容上都有独到之处，可以略补无法登岛之缺憾。

台湾岛

太平洋

龟山岛

龟山岛

岛上曾经的军事设施

住要靠近看个究竟。在这片"怒海"之中，还生活着通体红色的硫磺怪方蟹，它向人们诠释了"适者生存"的道理。

上了岛，能看的东西其实并不多，"401高地"和连接8个高射炮口的坑道是两岸军事对峙时期的遗迹。如今，外涂迷彩的军事据点犹在，军队已经撤回本岛，只留数名看守人员。废弃的据点，破败的民居、学校和澡堂，在乱草和青山碧海之间，显得特别孤独，也告诉人们两岸炮口相向的时代已经远去，但愿一去不复返！

不是每个游客都能像我一样有幸踏上龟山岛。风大浪高时，游艇无法靠岸，游客只能环岛看景、望岛兴叹。不过即便不能登岛，运气好的话，游客可以观赏到在附近海域活动频繁的鲸鱼、海豚。当鲸豚列队在你眼前"花样游泳"时，你除了惊呼还是惊呼。

在龟山岛北方不远的海域，还有几个小岛，那就是时常挑动中日关系敏感神经的钓鱼岛列岛。我从龟山岛返回头城乌石港时，才被当地渔民告知，可以包租渔船前往。当时由于下站行程已定，无法成行。

不过我想，作为中国人，下次我一定要租条船过去，虽然不便登岛，但哪怕远远看一眼也好，因为它是咱们的！

上下图·龟山岛赏鲸豚

小琉球的
小风情

    2004年3月台湾地区领导人选举投票之前，我和同事到南部的高雄、屏东等地观察选情，抽空到邻近的小琉球转转。

    小琉球位于屏东县东港镇西南约14千米的海面上，是台湾众多离岛中唯一的珊瑚礁岛屿。读过史书的人都知道，在今天的日本冲绳群岛，曾经存在一个向明朝称臣纳贡的琉球王国，后来被日本灭掉，但时至今日当地人还习惯使用"琉球"的自称。而在关于台湾的史志上，"琉球"原本被用于指称现在的台湾本岛，如元史之"球"、《诸番志》之"琉球"，到明朝后才开始改称"台湾"，"琉球"一词在台湾地区则留用于今天的琉球乡。由于这个岛面积仅有6.8平方千米，故冠以"小"字，称为"小琉球"。

    其实小琉球原名"沙马基"，荷兰人占领台湾时称为"金狮岛"，据说是为纪念荷轮"金狮子号"船员曾被当地原住民所杀而命名，也有说是取名于该岛东北方海蚀平台上的毛菰石（花瓶石）之形象。1920年9月，日本殖民者大规模更改台湾旧地名，以往凡3个字的地名都改为两个字，"小琉球"改称"琉球"即始于此时。台湾光复后，改称为"琉球乡"至今。

    我们从高雄市开车到东港，然后从东港的小琉球码头乘船往小琉球，不到半小时就到了。坐上原先预约租好的"小面"环岛，司机是当地人，还兼导游。

    他介绍说，小琉球的形状很像一只短靴，北宽南狭，最高点为东南台地，有87米高。岛屿表面有两条地堑，一条为东北—西南走向，另一条为西北—东南走向。两条地堑相交于岛中央，全岛被分为4块小台地，是罕见的"剖腹山屿"。由于长期风浪侵蚀，岛上拥有很多独特的地质景观，如山崖、海崖、岩洞、沙滩、珊瑚礁等，海滨奇岩怪石林立，最著名的就是小琉球的地标——花瓶石。

司机带我们到的第一个景点就是花瓶石。花瓶石是一块礁石，远远看去，酷似一个漂浮在湛蓝海水上的花瓶，瓶中的"鲜花"虽经千年雨淋、万年日晒，却永不凋谢。这个具有浪漫色彩的花瓶石，自然成为我和很多游客留影的首选背景。

我们接着前往北线海岸。这里多珊瑚礁陡崖，海蚀地形多种多样。美人洞是一个天然洞穴，相传有一苏州美女乘船因遇险漂流至此，并在此终老。这边还有一个"乌鬼洞"，洞穴曲折复杂，幽深难测，因台湾神秘消亡的早期原住民"矮黑人"曾在这里居住而得名。

"乌鬼洞"一带海水清澈，从岸上就可以看到美丽的珊瑚和色彩斑斓的热带鱼。小琉球是台湾最适宜亲水的地方之一。游客可以漫步在布满美丽的贝壳沙的威尼斯海岸，玩沙戏水，还可以乘坐海底观光潜水船饱览海底世界的多姿多彩。小琉球也是台湾知名的观日点，岛上的灵山寺是观赏台湾本岛夜景和日出的最佳景点。

由于时间并不宽裕，我们没有去浮潜，只是在浅滩上"踩踩水"，继续前往南线海岸。这里海滨同样怪石林立，比较著名的有印第安人头、玉女岩（观音

小琉球渔民在清澈见底的浅海钓鱼

小琉球的地标花瓶石

● 斌华提示

tip 1

从东港到小琉球，有公营、民营交通船往返，每日约有来回13班次。公营船来回票价380元新台币，民营的是410元新台币。

石），无不栩栩如生。

环岛一圈，看到最多的除了怪石，就是庙宇。岛上有8个村落，截至2008年2月设籍人口有12600多人，60％以上的人从事渔业，包括远洋、近海、沿岸捕捞及海面箱网养殖。渔民在风口浪尖上讨生活，自然祈求神灵保佑。因此，小琉球宗教信仰非常丰富，庙宇的密度在全台数一数二，较大规模的有碧云寺、三隆宫、灵山寺。每三年一次的三隆宫王船祭，是小琉球最重要的祭典，也是当地的盛事。不仅本地乡民会踊跃参与，连远赴东南亚从事远洋渔业的乡民都会返乡共襄盛举，兼与家人团聚。

我去的那天，在一个小村落的庙宇前，两个戏班子正分别在两个戏台上演出歌仔戏娱神。正午时分，戏台前除了一个七八岁小男孩坐在一个椅子上似懂非懂地看着，没有其他观众。但演员们不以为意，一板一眼地唱念做打，毕竟最重要的观众不是人，而是神。看到这有趣的一幕，我不禁莞尔，拍了很多张照片。

小琉球确实"小"，全岛周长只有12千米，一个多小时我们就转完了，当然，只是走马观花而已。

最近看到台湾报纸报道说，这几年小琉球如雨后春笋般出现多家各具特色的民宿，还推出海上划独木舟等新的观光项目。希望下次再去时，我能在岛上过夜，再度领略这个小岛独特的小风情。

小琉球岛上有4条公交车行驶路线，行驶于各村里聚落及各风景点之间，没有国际驾照的大陆游客可选择乘坐公交，非常便利。有驾照者则可租摩托车环岛，一般一天是200元新台币，两天是350元新台币。如果参加民宿套装行程，一般都包含来回船票和摩托车。

强烈建议在小琉球浮潜。如果时间充裕的话，可选择在岛上的民宿住宿一晚。岛上空气清新，有很地道的渔家菜。

小琉球

浪漫的
澎湖湾

"那是外婆的澎湖湾，白浪逐沙滩，没有椰林缀斜阳，只是一片海蓝蓝……"包括我在内，大陆人对澎湖的了解与向往，大多来自这首在澎湖出生的歌手潘安邦演唱的《外婆的澎湖湾》。

澎湖地处台湾海峡南部核心位置，自古即为军事要冲，被誉为"台湾海峡之键"。如今，这片岛屿的军事色彩逐渐淡化，更多以"阳光、沙滩、海浪、仙人掌"的浪漫景致与壮丽磅礴的玄武岩地质景观闻名于世。

古韵幽幽在"平湖"

驻台10年间，我多次到澎湖，原本以为澎湖只有自然景观，去了多次才发现它也有丰富的文物遗迹，古韵幽幽。

澎湖是福建先民进入台湾本岛的跳板，古称"平湖"，行政建置可溯自元朝，当时朝廷设立了澎湖巡检司，隶属于福建省同安县，是中国政府在台湾省内最早设立官治的地方，也是台湾自古即属于中国的铁证之一。明永历十五年民族英雄郑成功收复台湾后，澎湖正式成为台湾地区的一部分。

台湾光复后，国民党政府于1946年1月正式成立澎湖县政府，县治设在马公市，隶属于台湾当局所设的"台湾省"，现辖有1市5乡（马公市、湖西乡、白沙乡、西屿乡、望安乡、七美乡）。马公是澎湖列岛中面积最大、人口最多的海岛，是游客无论乘坐飞机还是

澎湖岸边脚印一串串

轮船进出澎湖列岛的主要口岸。

马公原名"妈祖宫"，指位于马公岛上的天后宫。它不仅是澎湖最古老的寺庙，也是全台最古老的妈祖庙，被当局定为一级古迹。始建于元朝后期，供奉"海上女神"妈祖，1684年（清康熙二十三年）清廷加封妈祖为"天后"，妈祖宫从此改名"天后宫"，今大殿内尚有康熙帝所赐"神昭海表"匾一方。

澎湖是全台湾庙宇密度最高的县，寺庙不但是县民信仰中心，更具有社会、经济和文化的功能，居民对寺庙的建筑相当重视，不惜巨资兴建，以求美轮美奂，体现对神明的尊崇。澎湖天后宫规模不大，以为没什么看头，但仔细端详，发现庙里的檐下梁柱、柱础石鼓、窗棂及殿内各处的装饰雕刻，无不精美细腻、栩栩如生，当年闽南工匠师傅的高超技艺，今人未必能与之比肩。

除了天后宫，澎湖还有位于马公市的观音亭、位于白沙乡的保安宫等古刹。保安宫前的通梁古榕树龄300多年，是澎湖列岛上唯一的大榕树，共有数十条支干，枝叶繁盛茂密，向四方扩展，形成天然的遮阳棚，绿荫覆盖660平方米，是世界上难得一见的大榕树。我第一次到马公时，看到当地老人在树荫下打牌、喝茶、聊天，小孩在嬉笑玩闹，古语说"前人栽树后人乘凉"，确是真理。

马公市中央老街的最北端，有一口马公最古老的水井——四眼井。该井亦称"四穴井"、"四孔井"，建于明代初叶（1592年），因构造奇特而出名。四眼井原是一口大井，出水量多，为避免民众取水时不慎跌落井中，早年以6块花岗石条覆盖，并用红砖砌缘，后来整修时改为水泥粉刷，再用花岗石环收边，因此形成4个圆形的取水口，方便同时提供4人取水。四眼井及其边上新整修的一条古巷，是游客最喜欢的访古幽径。

在西屿乡外垵村南海岸，有澎湖现存最完整和最大规模的古炮台——西台古堡，系1887年晚清重臣李鸿章为防海寇而倡建的，故又称"李鸿章古堡"，目前也被当局确定为一级古迹。来到古堡，游人既可以进入堡内了解当年固若金汤的设计，还可登临堡顶，眺望前方马公湾的美丽景致。

澎湖人习惯称马公岛北面的海域为北海，南面的海域为南海。在南海的望安岛上，有澎湖最大的古厝聚落——中社村，保存着一片有300多年历史的闽南式古厝，栉风沐雨，很多房舍已经残破，有几间已经完全倒塌，长满了野菊花，透出沧桑的

灯塔

查丹屿

吉贝屿

金屿

白沙岛

保安宫
通梁古榕

跨海大桥

员贝屿

渔翁岛

大仓岛

中屯屿

西台古堡

鸟屿坪屿

观音亭

四眼井

马公岛

鸡笼屿

山水海滩

楠盘屿

虎井屿

花屿

澎　湖　列　岛

天台山仙人脚印
蓬莱洞

望安岛

将军澳屿

双心石沪

西吉屿

七美屿

东吉屿

七美小台湾

七美人冢

望夫石

台湾海峡

澎湖水道

N

澎湖列岛

美。台湾著名影片《桂花巷》曾在这里取景，因此游人到此，村民会热心地指点电影是在哪间屋子拍摄的。近年有一些学者和人士提出，将这片聚落与福建省的闽南古民居合在一起申报世界文化遗产，但受限于两岸政治情势，至今尚未付诸实施。

南海的另一大岛七美原名"大屿"，因一个哀怨凄美的故事而于1949年改为现名。相传明嘉靖年间，倭寇作乱，四处劫掠。一次大屿遭袭，有7位年轻美貌的姑娘藏于山洞，后被倭寇发现并追赶到一口井边，7人不甘受辱，相继投井殉节。后来乡邻为之掘土掩井而葬，不久冢上竟长出了7株楸树，开出白色小花，香气四溢。乡民们认为这是七女贞魂所化，于是立碑纪念，上刻"七美人冢"。如今冢、碑与树俱在，树虽不算高大，却已有400多年历史，枝繁叶茂，让游客到此感佩古代女子的气节。

澎湖还有一处年纪轻得多的人文景点，这就是连接白沙岛与渔翁岛之间的"澎湖跨海大桥"。大桥于1965年4月动工，1970年12月竣工，历时近6年建成通车，总长2160米，当时是远东最长的跨海大桥。20世纪90年代又对大桥进行改造，其长度达2494米，桥面宽13米。远望大桥，犹如一道长虹，凌空飞越，把澎湖本岛和白沙岛、渔翁岛的古迹和秀丽景致连为一体，成为澎湖的地标。

阳光沙滩仙人掌

或许是《外婆的澎湖湾》太深入人心了，我第一次到澎湖，从马公机场出来，一坐上出租车就向司机打听哪里是"澎湖湾"，司机也说不出个究竟。按当地官方的说法，澎湖湾指的是马公市金龙头、风柜半岛到离岛大仓屿一带内湾，但实际上歌中所唱的"澎湖湾"泛指澎湖列岛全境。

澎湖列岛按照台湾当局最新统计，由90座岛屿（传统说法是64座）组成，像一把晶莹的珍珠散落在台湾海峡南部。澎湖最美丽的风景并不在澎湖湾，而在北海、南海众多小岛，那里才是"阳光、沙滩、海浪、仙人掌"所在之地。

北海数十座大小岛屿中，最大的是吉贝岛。吉贝俗称"台湾堆"，面积约3.1平方千米，距离马公约20分钟船程，堪称澎湖最美丽的岛屿。台湾朋友经常问我："你觉得台湾哪里最美？"我总是回答说："论海滨风光，澎湖的吉贝最

美。"他们中去过的大多会表示赞成。

吉贝西岸有一道数千米长的金黄色海湾，当地人叫"沙尾"，水清沙幼，洁白的沙滩绵延不绝，呈弧状逶迤入海。2008年10月，我和几个同伴到澎湖参访，其中两个女生一到"沙尾"就兴奋地脱了鞋，在金色的沙滩上"留下脚印一串串"。在旅游旺季，吉贝还有游泳、香蕉船等丰富多彩的水上游乐项目，是澎湖最受欢迎的嬉水之处。不会游泳的人可以在凉伞下寻找"童年的幻想"；喜欢海洋生物的人可以戴上潜水器具，或深入海底观赏珊瑚礁，或浮在海面上观赏色彩斑斓的热带鱼。

墨斗屿位于北海的最北边，是一座玄武岩方山台地，面积约0.021平方千米，四周都是玄武岩叠成的奇岩暗礁。西南端的白色沙滩，海水澄澈见底，适合游泳戏水。岛上有座高约40米的黑白相间的灯塔，建于1901年，是东亚最高的铁架灯塔，伫立在蔚蓝无际的天空和海水之中。我第一次去时，被那种圣洁之美所深深震撼。墨斗屿还有一条海底隧道，为岩石裂隙经风化及海蚀后所形成的一条海蚀沟，长约70米，隧道内热带鱼悠游，是潜水与探险的好去处。

七美屿的海岸边长满了天人菊

斌华提示

tip
1

冬季风大，前往澎湖的航班、船班常会取消，出行前请留意相关信息。

从墨斗屿返航马公港途中，旅游业者通常会安排游客在一块礁盘上漫步。我第一次去澎湖，船开到礁盘附近，船老板说："你们下去走走吧。"我和同伴将信将疑，下水后才知道，原来退潮时礁盘离水面只有十几厘米。我们踏水而行，在大海上耍起"铁掌水上漂"，玩得不亦乐乎。

澎湖南海各岛上几乎没有高大植物，丘陵草地缓缓起伏，澎湖县县花——天人菊和仙人掌漫山遍野，牛羊悠然漫步其间。无论行至何处，都是天苍苍、海茫茫，一派原始风貌。

最令人难忘的还是"越夜越美丽"的澎湖湾。入夜之后，海上渔火点点，好比银河坠落人间，这就是著名的"澎湖渔火"。近年来，当地旅游业者还推出了乘渔船到海上观星、夜钓、打鱼等新项目，甚至可以在海上吃烧烤、喝啤酒，让游客在夜间也能在澎湖湾上找到乐趣。

妙趣天成玄武岩

澎湖还拥有台湾难得一见的美景——独特的玄武岩地质景观，尤以桶盘屿的柱状玄武岩最为出名。

桶盘有"澎湖黄石公园"美誉，位于马公港西南方约7千米处，因外形而得

离岛走透透

游客在马公岛环岛可以租借轿车、摩托车等，马公市区不大，主要景点步行可至。『北海游』从马公不同的码头出发，行前注意弄清楚。在吉贝和南海诸岛上，最好的观光交通工具是摩托车。

tip 2

游澎湖现在主要有3条线路，除了马公岛的环岛古迹之旅外，游客最喜欢的是南、北两条离岛旅游线路：游览马公岛北面的4个大点的岛称为『北海游』，主要活动包括夜钓、潜水、乘快艇、玩沙滩排球等；游览马公岛南面的数个岛称为『南海游』，以欣赏海岛风土人情为主。

tip 3

看看这逼真的形状，"小台湾"的称号名副其实

海誓山盟的石头"双心石沪"

马公北门市场有一家著名的牛肉店，牛杂汤尤其美味，问当地人都知道，可安排在那里吃早餐，但务必早点去，去晚了可就得等第二天再去了。此外，澎湖的金瓜米粉、海产料理，黑糖（红糖）糕也很好吃。

tip
4

名——整个岛屿的形状看起来像倒扣在海面上的一只木脚盆。我想这个名字肯定是渔民取的，因为我打小用来洗脚的木脚盆，闽南语就叫"脚桶""桶盘"。全岛高度相当平整，是标准的方山地形，除北面是港口外，其余三面全由柱状玄武岩所环绕，形成岛上最具代表性的地质景观。

柱状玄武岩平均岩柱高约20米，宽约1～1.5米，其中不乏柱径超过2米的巨型石柱。熔岩因冷却收缩，岩体产生五六角形的岩柱破裂面，显得粗犷刚硬，而岩柱崖顶因长年剧烈风化和侵蚀，被磨成球状，却又让其增添几分圆滑。这些岩柱并肩而立于海天之间，刚柔相济，蔚为壮观。

除石柱景观外，在桶盘屿西南方的海蚀平台上有一处退潮时才能得见的火山口，直径约25米，中央凸出一小丘直径约5米，犹如一朵盛开在海上的莲花，当地人称为"莲花座"，也是知名的玄武岩景观。但由于澎湖旅游业者安排的南海行程，大多是环岛巡航一周或登岛一小时游览、拍照，一般是无缘看到这一景观的，或许只有自由安排行程的游客才能如意。

虎井屿是澎湖列岛的第七大岛，东西突起，横状节理的玄武岩排列于险峻的海崖边，气势相当雄伟。退潮之际，俯瞰海景，水浅静而澄澈，是为"澎湖八景"之一的"虎井澄渊"。据说，澄渊下有一红色小城，周围约30多米，垣墙犹存，雉堞可数，每逢天清水澈、波平浪静之时，隐隐可见，还曾有渔人潜入水底

tip 5

澎湖与台湾本岛之间有轮船航班：马公—高雄（台华轮），航程4.5小时；七美—高雄（南海之星），航程3.5小时；马公—嘉义布袋港（今一之星、满天星一号），航程1.5小时；马公—台南安平港（今日之星、凯旋三号），航程1.5小时。

tip 6

潘安邦、张雨生都是澎湖『出产』的歌星。澎湖有台湾地区最早的眷村『笃行十村』，位于今天的马公市新复里，潘安邦、张雨生都出生在这个眷村。现在这里建有潘安邦『外婆故居』和『张雨生故事馆』。

取出过红砖。至于沉城的来历，众说纷纭，至今未解。

在澎湖列岛的中心地带，是四周海蚀平台发达的望安岛。天台山为全岛最高峰，山上有相传仙人吕洞宾留下的足印石。自从有了"八仙过海"的传说，在中国，只要大石上有足形凹陷，往往都会扯上"八仙"。望安海岸有一海蚀洞——通岛洞，高约60米，玄武岩危崖奇洞峥嵘矗立，景致壮丽。

七美岛沿岸还有各种造型的天然礁石，形状酷似台湾本岛的叫"小台湾"，如同孕妇横卧的叫"望夫石"，仿佛巨龙抬头的叫"龙郾"……在导游的提示下，游人总会努力辨认。

在马公港对面，有一处著名玄武岩景观——风柜。风柜海岸为柱状玄武岩，受海水侵蚀，形成海蚀洞的沟渠，海潮进入时，使洞内产生雄壮的涛声，犹如风箱鼓风，故称"风柜听涛"，而当风势大、海水涨潮时，还可看到水柱喷潮的奇景。台湾著名侯孝贤执导的电影《风柜来的人》，讲述的就是这里的故事。不知是否潮汐变化的原因，我去时站在风柜洞口，已经很难听到轰隆隆的惊天涛声。

这就是澎湖，这就是浪漫的澎湖湾。潘安邦就曾经说过："我现在到世界各地去，有烦恼的时候，只要将眼睛一闭，澎湖的蓝天碧海就出现在我眼前。"我深以为然。

金门：
战地唱响田园牧歌

晨风柔柔吹拂，海水轻吻着绵延无尽的白幼沙滩，沙滩上一根根面向大陆、刺向天空的反登陆桩上长满了贝壳，毛色艳丽的"戴胜"鸟驻足其上啾啾鸣叫，岸边茂密的树丛掩映着一座座废弃的碉堡，碉堡的射击孔或堵上了石头或长满了青苔……

这里是金门，这是金门的清晨。

我曾两度造访金门，亲眼目睹了烽火硝烟逐渐散去后，田园牧歌悠然唱响的情形。金门的华丽转身，对于两岸关系、对于中华民族历史、对于世界和平都有着样本一般的启示意义。

硝烟散尽，铸剑为犁

金门、马祖在台湾被称为"外岛"，因为相比澎湖、绿岛等离岛，它们和台湾本岛很"见外"。金门西距厦门外港仅10海里，东隔台湾海峡与台湾本岛相距则是150海里；马祖距离台湾本岛114海里，与闽江口相距则仅有约54海里。按地理学的定义，金、马乃是福建的离岛。

从台北松山机场飞往金门尚义机场，不过50分钟的航程。走出机场，满目青翠，环岛公路两侧，木麻黄和榕树郁郁葱葱，车行其上，凉风阵阵。我第一次到金门，感到这里的气候和植被，与我的闽南故乡"高度相似"。

金门海滨的反登陆桩支支刺向天空，提醒着人们两岸曾有过一段兵戎相见的历史，而要彻底消除敌意则任重道远

离机场不远的环岛南路上，有一处"光华基地"，这曾是对大陆开展"心战"（政治宣传）的重要基地，而今铁门紧闭，一片破败，只有大门一侧墙上褪色的雷达图案，透露这里曾经的使命。一旁的"心战资料馆"已经废弃，被半人来高的野草团团包围。我小时候经常在闽南海边看到的空飘、水漂的传单和月饼等，就大多来自这里。

"光华基地"附近，是另一个特别的战地景观——位于金湖镇的花岗石医院。深藏在山洞里的医院现在同样铁门紧闭，杂草丛生。我2008年10月去时，当地陪同陈偎武先生介绍说，大门里面幽深的大型坑道中，是设备齐全的战地医院，为金门军民提供各种医疗服务。现在，金门县正准备将其改建成酒窖。我想，这也算是因地制宜，变废为宝吧。

金门在两岸军事对峙时期是重兵驻扎的前线，150多平方千米的土地上最多时驻有15万的大军，当地"最高首长"不是金门县长，而是手握重兵的上将衔金门防卫司令部司令。1958年8月23日发生"炮击金门"战役（台湾方面称为"8·23

炮战"），一直持续到当年10月6日。此后，大陆方面采取"单（日）打双（日）不打"的方式，直到1979年元旦。随着两岸关系的缓和，1992年11月，金门解除"战地政务"，回归地方自治，同时开放旅游观光。

近20年间，金门驻军逐步裁减，现在已经不到8000人。除金门防卫部队集中驻守的太武山地区外，以往的军事设施大多已经和上述两处一样，处于废弃状态或改为民用，开放旅游。我2008年10月在金门采访时，街上只见过零星几个军人在跑步。陈偎武是在隆隆炮声中长大的金门汉子，他说："现在见到阿兵哥满新奇的！"

马山是金门岛与大陆最接近的地方，距离福建的角屿不过2100米，退潮后只有约1800米。马山观测站当年是窥探对岸军事布防的最前线，播音站则长期对大陆开展"心战"广播。1953年，大陆方面在厦门的何厝、白石等靠近金门列岛的海岸突出部设立了5个大喇叭有线广播站，台湾方面很快也在马山、大担等地设立了5个对大陆广播站，隔空唱起了对台戏，打起了"宣传战"。

我2010年6月在厦门采访了当时的福建前线广播电台广播员陈菲菲。她回忆说："当时前线只有两种声音——炮声和广播声，因此，我们还被炮兵的战友戏称作'二炮'……那时候我们广播的主要内容就是号召蒋军官兵投诚起义，还有就是介绍祖国建设发展情况等。效果很好，顺着我们喇叭声音游回来的不老少，包括现在很出名的经济学家林毅夫。"

林毅夫当时担任"马山连"连长，该连是台湾军方的模范单位，林毅夫本人则是军方树立的投笔从戎的榜样。而这样一位标兵却从前线潜往大陆求学、工作，可想而知何等"刺激"台湾军方，以致至今他仍未能实现自己的返乡梦。

我2004年9月首度来到马山时，观测站正准备移交给地方，二访金门时，已不见军人踪影。过了无人值守的哨卡，迎面可见"还我河山"四个大字。穿过狭长曲折的坑道进入观测点，逼仄的地堡内置3座高倍望远镜。通过望远镜从狭窄的观测口看出去，对岸渔村的生活起居历历在目。

翟山坑道是近年新开放的军事秘境，穿过"毋忘在莒"的石刻标语，就是宽阔的U型洞中水道，里面可以同时容纳40余艘登陆艇，当年是保证驻军粮食补给的要

N

马山广播站
后屿
草屿
陈桢古墓
山后民俗文化村
金山湾
莒光前将军庙
浯湖
环岛西路
环岛
太武山风景区
北太武山
金刚寺
南太武山
海印寺
前屿
小担
狮屿
卵屿
湖井头
将军堡
中山纪念林
中正公园
小金门
金门港湾
九宫坑道
环
金门航空站
烈女庙
牧马侯祠
反登陆桩
天台宝塔
田屿
翟山坑道
料罗湾
台湾海峡

金门

地。而今船去洞空，和大海直接贯通的洞口已用石板封死，洞口之外涛声阵阵。

从金门水头码头坐船，8分钟即到小金门（烈屿乡）。这里比金门更接近厦门，从曾经的重要据点"铁汉堡"看过去，对面厦门市容历历在目。而在湖井头通过望远镜，可以清晰看到厦门环岛路上"一国两制统一中国"的标语和楼盘广告。环岛的战车道、随处可见的碉堡和海岸线上错落的机枪口，无不告诉人们这里有过战火纷飞、剑拔弩张的岁月。而今，原本杀气腾腾的标语成为游客合影的背景，原本放置重机枪的地方摆放着可观厦门市容的高倍望远镜，只有掩体外芳草萋萋一如往昔，野牡丹和木芙蓉开得热闹。

菜刀是金门的名产之一，当年的数十万枚炮弹而今成了打制菜刀的最好原材料。炮弹钢水好，打出来的菜刀锋利耐用。与我首次造访时相似，当地老字号"金永利"制刀厂里依然顾客熙熙攘攘，不同的是，顾客以大陆居民为多。2001年两岸开放"小三通"，2004年台湾当局开放福建户籍居民到金门旅游，到2008年大陆十几个省份的居民也可经金门赴台湾本岛旅游。金门菜刀是很多大陆游客热衷购买的旅游纪念品。

高粱酒是金门另一名产。旱地高粱、花岗岩层渗出的纯净水和独特的坑道窖藏，酿就香醇甘冽的金门高粱酒。在金城镇上，有家叫"吧萨"的餐厅，用58度金门高粱酒和果汁等调成各种口味的鸡尾酒，其中一种用高粱酒兑蜂蜜的酒品很受年轻人欢迎。我的同事赵博曾经专程去品尝，她说，味道好坏先不说，光名字就起得好，叫"和平"。

海滨邹鲁，人文荟萃

金门旧名浯洲，又有仙洲、浯江、浯岛之称。明朝洪武年间，江夏侯周德兴奉命经略福建海防，于今日金门城址兴建"金门守御千户所"，内捍漳厦，外制台澎，实有"固若金汤、雄镇海门"之势，因此得名"金门"。

金门虽是闽南沿海一座小岛，但开发历史悠久。晋朝"五胡乱华"时，中原义民苏、陈、吴、蔡、吕、颜六姓家族因躲避战祸，南迁渡海来到金门避难。唐

代于泉州设置5个牧马场，浯洲为其中之一，陈渊任牧马监，率蔡、翁、李、张等12姓入岛垦牧。宋代大儒朱熹任同安主簿时，曾视学浯洲，创设燕南书院，带动岛民倡文风气。至明清两代，科甲鼎盛，名将辈出，极一时之盛，有"海滨邹鲁"之誉。明末鲁王、郑成功起兵金门，并东渡台湾驱荷复台。

丰富的中华文化积淀，不仅使金门文风鼎盛、人才辈出，更留下了21处台湾当局确定的一、二级古迹和12处县定古迹。其中，被台湾当局确定为一级古迹的有兴建于清嘉庆年间的邱良功母节孝坊，二级古迹有明洪武年间建成的文台古塔等。

1949年以来，金门地区基于军事安全理由，沿海500尺内禁建，且楼层最高不得超过3层，大部分建筑维持传统风貌，沿袭闽南系统泉、漳式样的传统住宅，构成金门本岛特殊的文化景观。此外，小部分是早期通商侨民所移入的南洋式建筑，以及两者的混合体。其中，最著名也是我最喜欢的聚落，当属山后村。建于清光绪二十六年（1900年）的18栋传统闽南二进式双落建筑，格局壮阔整齐，雕梁画栋，古朴而精美。进入村内，老妪坐在门扉前，慈祥地看着孩童在巷子嬉闹，对于陌生的来访者露出善意的微笑。目睹此景，让我有种时空错乱、回到儿时故乡的感觉。

宗祠和"风狮爷"，也是金门的特色。由于金门居民相当重视家庙，村落大部分均以宗祠为中心所形成。"风狮爷"是金门岛最独特的人文景观。明末清初，岛上居民因苦于风患，植物不易生长，于是各个村庄开始在庙前、村口竖立石狮子——"风狮爷"，以期镇风，后演变成岛上的守护神。我在金门岛上见到各种形态的"风狮爷"，当地人告诉我，不同形态代表不同的"功效"，如镇风、防火还有招财等。而一水之隔的小金门，则膜拜"风鸡"，岛上随处可见雄赳赳的公鸡塑像。

传统民居和图腾现在都"古为今用"。部分老厝、洋楼经过修整，成为特色民宿（家庭旅馆）。"风狮爷"则被制作成镇纸、钥匙圈、手机链等，与手机、汽车等现代通讯、交通工具联结起来，是我到金门喜欢选购的纪念品。

田园牧歌，观鸟胜地

"台湾本岛面积3.6万平方千米，记录鸟类将近500种；金门面积只有150平方千米，却有300多种鸟类被记录。"这是我到金门公园管理处采访时，解说员用自豪的口气说的开场白。

树林、农田、湿地、沙岸等多种地貌并存，让金门成为候鸟的理想栖息地和迁徙中转站。金门的鸟类中有26种为保护类野生动物，包括短尾信天翁、鹈鹕、朱鹭、黑面琵鹭、隼等国际公认的濒临绝种的鸟类。长着"朋克头"的戴胜和身上有五种色彩的栗喉蜂虎，在世界各地难得一见，但在金门却是常见的鸟种。我在住宿宾馆附近的料罗湾畔和马山广播站附近的草丛中，就两度看到戴胜的美丽身姿。

每年从10月底开始，金门岛东北端的慈湖一带就会被鸬鹚占领，它们要在这儿越冬，一直到第二年3月。鸬鹚破晓时成群结队到海上猎鱼，黄昏时分背对夕阳飞回陆地，数量最多可以达到上万只。

落霞与鸬鹚齐飞，是金门最迷人的景致之一。到了冬春之际，冬候鸟未走、过境鸟莅临，加上定居本地的留鸟，金门万鸟齐飞，真正成为观鸟爱好者趋之若鹜的"鸟地方"。"观鸟游"现已成为金门的特色高端旅游项目。我二访金门将要离开时，县政府陪同人员就热情邀请我，在冬春交替时节再来金门赏鸟。

金门是典型的丘陵地形，可耕地面积约为6300公顷，但因土质贫瘠，年降雨量稀少，分布不均，加上秋冬季风强劲，实耕地面积仅有2400余公顷，仅适宜旱作杂粮，如高粱、地瓜、花生、小麦及部分蔬果栽培。

1950年起，国民党军队为了作战隐蔽的需要，在金门实施大规模人工造林。我第一次去金门时的导游陈河彬说，当时军方规定，每个士兵负责栽活一棵树，如果树死了，"就别想休假了"。原本出于作战需要的造林，经过几十年的努力，竟然使战地金门成为满目青翠的一座"海上公园"。岛上绿化良好，植物多达430多种，最多的是木麻黄和榕树，海边有更为珍稀的红树林。

驱车金门、小金门，不时可见清澈的湖塘、茂密的高粱地，和漫步田野之间的黄牛、山羊。除了公路、房屋等，两个岛屿几乎全被树林、草丛所覆盖，满目葱茏、绿意盎然，有着类似闽南农村的田园牧歌景象。

望陆兴羡，交流前沿

市场上摆卖的十有八九是"大陆货"，客轮穿梭来往于金厦海域，各行各业都在热烈谈论着"大陆机遇"……对于金门人来说，昔日贫穷落后的大陆，正在变成滚滚财源的来处。从金门乘船到厦门，只需约40分钟。我的老朋友、原金门区域"立委"吴成典说，这样的地理位置，决定了金门与大陆是"生活共同体"。

金门菜市场上销售的蔬菜、肉类，大多来自福建。台湾"陆委会"派驻金门人员告诉我，晚上金厦海域渔火点点，那是两岸渔民正在进行小额贸易。金门市场上卖的海鲜，实际上是金门渔民向大陆渔民购买的，金门的渔民基本都不打渔了，转行成了鱼贩子。

金门人经常去厦门游玩、消费，许多人备有两张手机SIM卡，"到了那边就用中国移动、中国联通"。以前，金门人有了积蓄就到台湾本岛买房买地，现在厦门成为金门人置业的首选。

● 斌华提示

tip 1

台湾到金门的航线于1987年开通，每天航班很多。从台湾到厦门，可以采取台金航线加厦门，即在台北托运，行李就可直达厦门。这样的走法比从台北直飞厦门更划算。

与营运的航空公司推出一条龙服务，『小三通』机船联运的方式，参

tip 2

金门与台湾本岛的高雄、花莲、基隆、台中、嘉义、台南之间有开通客货轮。金门至厦门之间有定期航线，每半小时载运旅客往返于金、厦之间。

tip 3

到金门、小金门旅游注意警示标志，雷区勿入，以防意外。

金门酒厂自1953年建厂以来，成为金门县政建设的"金鸡母"，金门高粱酒远近驰名，陈年特级金门高粱酒（陈高）更被台湾同胞视为"台湾第一好酒"。但我首次到金门酒厂采访时，时任金酒公司董事长的李荣文却强调，金门高粱是"福建省唯一的高度白酒"。这是因为，一方面，金门人认为，两岸的两个"福建省"本来就是一省，许多金门人都说"我们是福建人，不是台湾人"；另一方面，金门酒厂看好大陆庞大的白酒消费市场。当时，金酒公司正在建设第三个生产厂区，以提高产量，并筹划在福州、厦门和泉州设立销售点。现在，金门高粱酒已全面进入大陆市场。

除了两岸空中直航线路，金门是现阶段海峡两岸之间往来最直接的通道。金门县政府和各行各业的业者都清楚，长期做"阿兵哥"生意的金门，在驻军锐减之后，经济腾飞的出路在大陆。我2008年10月采访时任金门县长李炷烽，他就明言：来金门的大陆游客会越来越多，往后可能占到99％，而来自台湾本岛的只占1％。

李炷烽的愿望是把金门建设成为两岸共同发展的"和平岛"、生态岛和休闲观光岛。他对我说："'台独'对台湾没有意义，对金门来讲更毫无价值！"当时，县长会客室墙上悬挂着一张招贴，背景是当年战火笼罩金门的场景，上书十几个大字："战争无情，和平无价——中国人的觉醒。"

现在，李炷烽已卸任县长，县长会客室墙上的招贴不知是否更换了。但我想，无论谁当县长，这都是亲历"战争与和平"两种际遇的数万金门人最深切的感悟，相信许多游客到金门游览之后，对此也会有所共鸣吧。

金门田园风光：稻草人与高粱

马祖:
从"海上战马"到"海上桃花源"

    三层高的办公楼门前，一块方形石碑上镌刻着两个大字"马祖"。走下台阶，就是一大片菜地，地垄、篱笆、瓜架、粪土、肥料、尿桶"一个都不能少"，三两农妇正在认真伺弄着自家的瓜菜，看上去杂乱无章，闻起来"别有风味"。

    2008年10月9日，我和同事首度到马祖采访，第一站是到县政府"拜码头"。如果不是办公楼正门上方悬挂着"福建省连江县政府"匾额，乍一看这般乱糟糟的景象，真不敢相信这就是马祖县政府。

    三天两夜采访下来，我发现，马祖不仅县政府很有"个性"，当地的战地风光、地貌景观、人情民风在台湾地区也独具特色，让人惊艳，值得"卡蹓"（福州话"闲逛"之意）。

海上一战马，战地风光佳

    马祖列岛得名于主岛——南竿。据《连江县志》记载，宋朝时林默娘殉身投海寻父，遗体漂到南竿。岛民感其孝行，为她厚葬立庙。清康熙时册封林默娘为天后，世人尊称为"妈祖"，南竿岛因此谐音称为"马祖"。

    妈祖被誉为"海峡和平女神"，但马祖的前身却是"海上一战马"，始终与刀光剑影、鼓角争鸣联系在一起。明朝时，当地为倭寇所盘踞，戚继光曾镇守于此清剿倭寇。郑成功也曾以马祖作为

马祖：从"海上战马"到"海上桃花源"　　193

各种坑道、隧道把马祖列岛打造成一个大型立体军事工事

收复台湾的练兵基地。1949年国民党军队撤守到马祖后，把这里构建成"反共前哨"和军事要塞。屯集数万大兵，所有地方皆被划为军事重地，用炸药爆炸、人力挖掘，在众多岛屿上构建了结构复杂的地下坑道、军用机场、港口、据点、炮台、训练场所、战地医院等军事设施。直到1992年，马祖才结束40余年的战地政务与军事管制。

我们的司机兼导游曹宝金女士是从台湾本岛嫁到马祖的。她告诉我们，20世纪80年代，台湾本岛已经比较开放，但马祖的气氛还是很严肃。刚来时她没有"保密防谍"的意识，有一回要回娘家，便直接打电话到军方港口问"请问最近什么时候有军舰回台湾"，结果被她丈夫猛批了一顿，说："你应该问'鸭子什么时候划水'！"

1992年11月，马祖与金门同步解除战地政务，开始发展观光。丰富的战争遗迹和军事工事，使战地风光成为马祖旅游的拳头产品。

我们到马祖后，首先看的就是原来的军事据点。"战争与和平纪念公园"依后澳村的堡垒而建，小路两侧陈放着重型坦克、火炮等重型武器。在"战争与和平纪念展览馆"里，除了陈列台湾军方早期使用的轻兵器，还有大陆方面开展对台宣传战的宣传品。其中最为特别的展品，是台湾军方印制的"娱乐券"，当年驻岛官兵凭着"娱乐券"就可以到名为"怀道楼"的"军中茶室"找女人。

马祖

我专程到"怀道楼"探访。小楼外观陈旧，大门紧闭，窗户落满灰尘，有的玻璃都破裂了，显然已废弃多时。从窗户往里张望，一楼当中有舞池和台球室，留下当年官兵苦中作乐的痕迹。台湾军方想必不愿张扬这段有些不堪的历史，所以"怀道楼"并未被辟为景点，也鲜有人知。

马祖的军事要塞大多凭险而建，大有"一夫当关，万夫莫开"之势。位于北竿乡螺山的08据点依山面海，结构复杂，坚固险要。位于铁板海角的铁堡，曾经是"蛙人部队"（海军陆战队）的重要据点，布满了机关枪、卫哨和碎玻璃、铁条等防御设施，连所种的植物都是防空降的铁蒺藜。

位于南竿乡仁爱村的北海坑道，是马祖另一重要战地景点。坑道开凿于花岗岩山壁中，呈"井"字形布局，水道高16米，宽1米，长640米，涨潮水位8米，退潮4米，非常壮观。1968年，为了战略需要，当时的马祖防卫司令部司令雷开瑄下令进行"北海计划"，即在南竿、北竿、东引各岛开凿可供大型船只停放的坑道。光是南竿的这条隧道就用了数千人力，耗时820个工作日。结果因为建造时没有计算好潮差，南竿的北海坑道凿好之后根本无法使用而被封闭，直到1990年以军事观光景点的名义对外开放。在福澳港旁边的山顶上，树立着蒋介石手书的"枕戈待旦"影壁；芹壁聚落的墙壁上"反攻大陆""解救同胞"等标语还清晰可见。这些两岸军事对峙年代的印迹，而今成为游人轻松留影的背景。

马祖的驻军据台湾媒体报道，到2009年已经减少到2000人左右。但我到马祖采访时，看到军方还是控制着不少军事据点。只要我们乘坐的汽车在军事设施前稍一停靠，哨兵马上警觉走了出来，很严肃地喝令离开。这样的气氛，我在金门倒很少感受到，看来马祖要完全消除战地色彩，还有一段路要走。

地无三里平，民居有特色

位于台湾海峡正北方的马祖列岛，共计有36个岛屿，由南竿岛、北竿岛、高登岛、亮岛、大丘岛、小丘岛、东莒岛、西莒岛、东引岛、西引岛及其附属小岛、礁屿组成，仿若一串散落在闽江口的珍珠。总面积29.52平方千米，地形险

马祖岛上的坑道内部景观

峻，地势起伏大且陡峭，地质上属花岗岩锥状岛屿，多谷地、湾澳，海岸地区花岗质岩石因风化及波浪侵蚀作用强烈，多崩崖、险礁、海蚀洞、海蚀门等地形，部分湾澳地区经过冲积与堆积作用形成沙滩、砾石滩、卵石滩。

我们那次到马祖，只在最大的两个岛屿南竿、北竿采访，其地貌形态如用一个词来形容，就是"刀砍斧削"。造物主仿佛乱发脾气，在闽江口"砍"出这片峥嵘的岛屿，而且在每年10月至翌年3月间，又放任强烈的东北季风在马祖列岛呼啸。我们去的时候才9月，站在海边高处已被狂风吹得摇摇晃晃，每一步都要走得十分小心。

虽然"地无三里平"，但植物顽强的生命力令人赞叹。马祖岛上林木葱郁，青翠宜人，加上地理位置的关系，成为候鸟过境或度冬的区域，岛上鸟类云集，和金门一样是观鸟胜地。海鸥是马祖列岛无人礁的"主人"，夏天黑尾鸥、凤头燕鸥、白眉燕鸥、红燕鸥和苍燕鸥，在无人礁产蛋繁殖。其中，被世界鸟类红皮书列为濒临绝种的"神话之鸟"——黑嘴端凤头燕鸥最为珍贵。

恶劣的自然环境，催生马祖当地颇具特色的民居。因四周环海又多风，居民多利用花岗岩块沿着山坡地兴建，其结构多为方正双层独栋建筑，窗户小且开于高处，窗棂以石条为骨架，屋脊为曲线造型如火焰燃烧般的"封火山墙"，屋顶以红或灰瓦覆盖并于接缝处压上石头，以防强烈海风吹刮侵袭，造型颇似一颗古代官印。

位于北竿乡的芹壁聚落是马祖民居的代表，白色石块垒成的"一颗印"形

马祖芹壁聚落的闽东民居具有鲜明的建筑特色，压在屋顶的石头在强劲的东北季风来袭时，可以让房屋免遭"谢顶"的噩运

状的闽东民居，依山傍海连成一片，高低错落，被台湾媒体誉为"台湾的地中海"。一些民居现在内部被改造成民宿、餐厅、咖啡厅，是很多游客到马祖喜欢流连之所。我在芹壁最大的一家民宿听着海浪声喝咖啡时，刚好台湾朋友打电话来，听说我正在芹壁，便极力推荐我一定要留宿一晚。

　　相对金门，马祖的文教事业发展比较落后，古迹也比较少，只有昆阳亭、怀古亭、逸仙楼等亭台楼阁，但妈祖庙和祭祀五代十国时期闽王王审知的白马尊王庙，庙宇规模宏大，香火鼎盛，显然是当地的信仰中心。

　　当地人介绍说，东莒、东引两个岛上各有一座欧洲建筑风格的灯塔，分别由挪威、英国工程师在清代所设计建造，光源可远照30海里，分别被台湾当局定为二级、三级古迹。我们没有时间去东莒、东引，但我可以想象出这两座灯塔兀立

198　　　　　　　　　　　　　　　　　　　　　　　　　　　　　**离岛走透透**

tip 1

马祖周边海域的特色海产佛手、黄鱼相当美味，强烈推荐。马祖最好的白酒并不是『八八坑道』，而是东涌陈高、元尊陈高。马祖老酒也不错，冬天的话建议温着喝。

tip 2

台湾本岛与马祖之间有海运（台马轮）航线，分为基隆—南竿—东引、基隆—东引—南竿两条线路，单日先马后东或先东后马，单趟船程大约8到9个小时。遇上台风或者恶劣海象则停航。

tip 3

尚在使用中的军事设施请勿进入，也别拍摄、摄像，以免发生纠纷。

于汪洋孤岛之上，是何等的卓绝美丽。

海上桃花源，"慢活"成风尚

清朝初期，福州沿海渔民移居此地，并逐渐形成具有血缘关系的村落，其中以陈、林、曹、王、刘为大姓族群。这样的历史渊源，使马祖成为台湾地区唯一以福州话为主要方言的县市，在方言、建筑、饮食、民俗上都酷似福州地区。

马祖人喜欢将红曲入菜，做出红曲肉、红曲炒饭等美味而有养生价值的饭菜；鱼面、继光饼的口味与福州也一脉相承。当地人最喜欢看的戏剧是闽剧，每年福建闽剧团到马祖的演出，是当地的娱乐盛事。而在马祖最大的菜市场里，黄瓜、番茄等蔬菜都是从福州一带运来的。

但马祖有着与福州不同的生活形态。"到了马祖，什么都可以慢慢来。"接待我们的连江县观光局职员刘德伟说。他向我描述了马祖普通居民一天的大致生活：早起照顾一下菜地，挑些菜到自由市场卖，半晌喝杯茶、张罗张罗午饭；饭后睡个午觉，醒来和邻居拉会儿家常；黄昏时烫一壶马祖老酒，自斟自饮或是邀亲朋同饮；晚上就在海浪声里早早入眠。

马祖没有电影院，居民要看电影，大多会专程坐船到福州。钓鱼是深受岛民

阿婆在自家菜地里忙乎。在地无三分平的马祖列岛，能有一块家传的菜地，也算得上是"地主"了

tip 4

马祖的南竿、北竿均设有机场，由立荣航空公司经营台北松山——马祖南竿、台北松山——马祖北竿、台中——南竿等3条航线，每天各有7、3、1班航班往返，单趟航程约55分钟。在春秋两季，机场常因能见度不佳关闭。

喜爱的娱乐。我在海边的礁石上看到"海钓客"一坐半天晒太阳、吹海风。我问他今天收获了什么，他两手一摊，露出灿烂的笑容。

马祖人的平均寿命在全台湾最高，女性更高达88岁。"吃得健康是一方面，民风淳朴也是一个重要原因。"刘德伟说，马祖人的日子过得简单而快乐，没有什么想法也没有太多烦恼。"在岛上还不用担心丢东西，因为根本没有小偷。"

路不拾遗这一点，我感同身受。因为赶行程，我们带着行李到马祖酒厂参观。几个旅行箱没有上锁，就堆放在人来人往的酒厂门口，参观出来发现纹丝未动。

我们有一天在北竿的一家小餐馆吃晚饭，与老板娘攀谈起来。老板娘说，现在生意没有以前"阿兵哥"多的时候好，做早饭又做正餐才可以赚得过来。不过，"马祖的生活比较平静，让人觉得安心"。

马祖人之所以乐天知命、不忮不求，在我看来，有自然的因素，也有历史的因素。马祖自然环境并不理想，除了地势险峻，每年10月至翌年3月风势凛冽，而从3月至5月马祖地区又容易形成平流雾，如果平流雾历久不散，能见度骤降，机场便得关场，对外交通中断。再加上全年降雨很少，冬季常要限水。在这样恶劣的环境下，老百姓只有顺其自然，才能自得其乐。

而从历史因素讲，马祖人曾长期生活在战争边缘，过着十分艰难的生活。

tip 5

南竿—北竿之间有交通船，航程约20分钟，每天往返11个班次，上午7时至下午5时，每整点由南竿开航，半点由北竿返航，末班为下午5时30分开航。南竿到莒光、东引，东莒—西莒之间也有交通船。

tip 6

在南竿、北竿岛上旅游最好包车，因为岛上山路狭窄、急弯多，不熟悉地形者容易发生交通意外。

曹宝金说，在两岸对峙时期，由于没有必要的医疗条件，马祖的孕妇必须到台湾本岛待产。从马祖搭上军舰，只能自带棉被睡在甲板上，因为军舰主要是为军人服务的，平民不能睡在船舱里。在海上颠簸几十个小时，缺吃少喝，如果碰上下雨，只能蜷缩在船舱一角躲雨，对于大腹便便的临产孕妇来说，这是何等的艰辛！碰上有些好心的"阿兵哥"不落忍，把床位让给她们，就算是不幸中之大幸了。但这些妇人产后又得抱着新生的婴儿搭船返程，一边呕吐，一边给孩子喂奶。也因此，现今马祖人对安稳的和平生活非常满意。

从"海上战马"到"海上桃花源"，马祖人在悠闲恬静中，从容写下历史的蜕变。

市井里本来没有风景，因为有了人，有了可爱的人，便成了风景。

走在台湾的街头巷尾，我从来不觉得恐惧、孤单和陌生。夜市里熙熙攘攘的人群，挡不住小吃美食的诱人香气；庙宇中袅袅萦绕的香火，遮不住老人膜拜祈福时虔诚的面容；客家庄淳朴恬淡的生活，总撩拨起我们无意淡忘的美好。

我爱这寻常的风景，因为它是红尘，它生动，它真实。它会让我们确信，在这片土地上，生活着和我们一样的中国人。

我们曾经走过歧路，但我们终将殊途同归。

市 井 与 人 生

闲淡在水边

淡水，一个很容易让人记住的名字，在台湾属于一条河流，同时也属于这条河流入海口之滨的一个市镇，这就是现属新北市的淡水区。

台湾地区的政治中心在台北市，但一般人所说的"台北"实际上是由台北市和新北市（原台北县）组成的。新北市包裹着台北市，有的地方辖区接壤，有的乡镇隔河相望，以桥隧相连。我初到台湾时，常常分不清新北市与台北市的地理界限，时间长了，当我慢慢弄清之后，却又觉得这样的区隔没有什么意义，因为许多台北市民工作、生活、居住在新北市。

2001年2月11日，我应台湾新闻同行之邀，首次到淡水旅游，此后多次前往，越来越喜欢这个小市镇。对于淡水，到台湾之前，我就久闻其名了。淡水原名"沪尾"，是台湾最古老的乡镇和港口之一。明末清初，大陆沿海渔民到台湾海峡捕鱼时，经常到这一带修船补网，补充淡水，因而取名"淡水"，并一度成为台湾北部的统称。清雍正元年（1723年），在此设淡水厅，成为当地专有地名。1858年，英法联军发动侵略中国的战争，清廷战败，签订《天津条约》。根据条约，淡水于1860年正式开埠通商。由于淡水港是台湾唯一的通海河港口，也是台湾距离大陆最近的一个港口（距离福州仅248千米），从大陆沿海来台的帆船多至淡水港或由此上溯淡水河，因此盛极一时，全盛时期吞吐量占全台的63%，成为当时台湾

淡水

北部最繁华的港口。后来由于淡水河泥沙冲积越来越多，逐渐失去舟楫之利，加上相距63千米的基隆港的发展，淡水港贸易量大大减少，逐渐变成渔港及沿岸小船的停泊港，恢复了安逸宁静的本来面貌。

淡水距离台北市区约15千米，从我所住的台北市繁华地段乘坐捷运（轨道交通系统）到淡水只需半个小时。从捷运淡水站一出来，就可以看到淡水河奔流入海、潮急两岸阔的壮观景象。淡水河全长159千米，发源于台湾中部的雪山山脉，从台北市、新北市中间蜿蜒而过，孕育了大台北地区最早的文明。如今的淡水河口两岸，成为台北地区居民亲山近水的居住之地和周末休闲胜地。当地政府推动把淡水建成台北市的"卫星城"后，一些在台北工作的人或喜欢这里的优美环境，或看上相对便宜的房价，把淡水作为了自己的新家乡。而不住在这里的台北市民，周末则喜欢扶老携幼到河畔公园来休闲，放松都市里紧张的情绪。在满目苍翠的岸边，看着几叶木舟在水中荡漾，眺望对面的观音山，心情自然变得平静而从容。

淡水的历史遗迹很多，最著名的就是"红毛城"。明天启六年（1626年），西班牙

华灯初上，淡水的景致分外迷人

tip 1 除了铁蛋，淡水海边的海鲜烧烤更值得推荐。

● 斌华提示

人从现在的菲律宾入侵台湾北部，首先占领淡水，并在此修筑了"圣多明哥城"，当地人俗称"红毛城"。1642年，荷兰人攻占西班牙在台湾北部的据点，占领淡水，"红毛城"改为荷军兵营。1661年郑成功收复台湾时，从荷兰人手中夺回了"红毛城"，此后清朝时期这里曾作为英国领事馆。现在，这座台湾现存最古老的建筑物被列为一级古迹（相当于大陆的全国文物保护单位）。

"红毛城"建在临海高地上，扼淡水河口，用红砖砌成，呈欧洲风格，保存较好。现在城里还有几尊古炮，以及当年用来关押犯人的牢房。历史的烟云散尽之后，这里成了许多游客登高望远的首选，登上堡顶的方台，远山近水可尽收眼底。

"红毛城"下便是淡水老街。如今虽然没有"门泊东吴万里船"的盛景，但周末从台北蜂拥而来的游客，把老街挤得水泄不通，卖淡水名产"阿婆铁蛋"的老字号门口更是人山人海。所谓"铁蛋"，就是将鸡蛋在特制的老汤中煮上很长时间，一直煮成鹌鹑蛋大小，做法类似茶叶蛋，但更加费工费时，吃起来其皮坚韧，有点铁皮的感觉，故名"铁蛋"。铁蛋入口喷香，回味悠长，不过许多人都是浅尝辄止，毕竟对于现代人来说这是胆固醇太高的"非健康食品"。除了品尝铁蛋，游人喜欢在老街上走走逛逛，吃点小吃，买点工艺品。

如果要在淡水用正餐，那么最好的选择就是淡水另一处名胜"红楼"。红楼是一栋欧洲风格的老楼，现在被改造成主营客家菜的餐馆，声名远播。我在淡水

tip 2

如果要喝咖啡的话，最好是在码头或其他能看到海的地方，这叫情调。

tip 3

从淡水捷运站到渔人码头有公车往返，很方便。

tip 4

如果时间允许的话，可在淡水捷运站前一站『红树林』站下车，走到水边看红树林。

的第一顿正餐就是在红楼吃的。坐在红楼的回廊上用餐，端着酒杯，俯瞰阳光照耀下的淡水河，心旷神怡，让我不由想起台湾著名歌手"金门王"那首传唱一时的闽南话歌曲《流浪到淡水》："烧酒喝一杯，乎干啦，乎干啦（干杯之意）……人生浮沉，起起落落，毋免来烦恼。"

如今，越来越多的高楼包围着"红毛城"和红楼，使这些当年淡水的"主角"变成了点缀。在游人云集的周末，淡水喧嚣拥挤得让人厌烦。只有等到黄昏时分，游客陆续踏上归程，小镇才重新安静了下来。此时再看淡水河口，海天一色，晚霞漫天，这便是台湾著名景观——"淡水夕照"，我的一位朋友、台湾东森电视台的资深记者杨钊一度居住在淡水的一栋高楼上。我曾坐在他家的客厅喝咖啡，目光越过阳台就可以目睹这一美景。杨钊说，入夜再到镇上走走，更能感到宁静脱俗，那时就会觉得住在淡水是多么幸福的事情。

近年来，淡水海边又新添了一个名为"渔人码头"的休闲游乐区，有可以大啖海鲜的海滨餐厅、很有情调的咖啡厅、酒吧，也可坐游艇泛舟海上。我和许多游人一样，到这里喜欢坐在码头上呆呆地看着夕阳下或夜色笼罩下的大海，让海风吹拂着衣裳和头发，四大皆空。那时，我能体会到杨钊的幸福。可惜的是，为了上班更方便，他如今已经搬到嘈杂的台北闹市去了。

有人来，有人去，有人来了又去，古镇淡水如果有心的话，是否真的平静如水？

夜市里
的五味人生

　　"台湾夜市的可爱，肥死也甘愿！"这是一个美食家在品尝台湾夜市小吃后发出的感慨。台湾的夜市以小吃闻名，走遍台湾，由北到南，从西到东，几乎每个县市都有一到几个知名夜市，即便夜里两三点钟去，还是人声鼎沸。实际上，绝大多数夜市不只是有小吃，往往还是各种小商品的"大集"，射箭、套圈圈、捞金鱼、打弹子、投篮机、小电玩、露天卡拉OK，这些儿时记忆和当下新潮也都能寻觅得到。

　　肇兴于旧时庙宇门口或小巷子里的夜市，融合了台湾人的饮食、淘货、消遣、情感与记忆，就像一首台湾闽南语歌曲所唱的"时代咧流行什么，若来这拢会看见"（意为：时代在流行什么，如果来这里都会看得到），它对于许多台湾人来说，已经超越了吃喝与购物，而是融于血液中的一种文化、一种生活。

庙口夜市：最美味，最亲善

　　要想将台湾各个夜市吃个遍，简直是"不可能的任务"。我在台湾驻点采访10年来，去过各个县市的夜市，但也没能吃遍各种美食，只能根据个人的体会与评判，择要介绍台湾最为知名的几大夜市。而之所以把基隆的庙口夜市放在第一位，是因为在台湾很多美食家的评论中，庙口夜市享有"种类之多，全台之冠"的美誉。

上图·庙口夜市上热卖的猪脚
下图·人潮涌动的庙口夜市

庙口是最典型的台湾夜市，因从基隆城隍庙口兴起而得名。2010年8月24日，经过50万人次的网友投票和专家评审团共同评选推荐，台湾"2010年特色夜市选拔"产生各项大奖，庙口夜市独获"最美味""最友善"两项大奖。

基隆庙口夜市的"纪猪脚"是"肉食动物"的我之最爱。猪蹄以原汁烹调，皮脆肉嫩极富弹性，汤汁甜美浓郁而不油腻，再搭配白灼通菜（蕹菜）和面线，是令人满足的一餐。庙口夜市附近，还有一家"猪脚林原汁"，和纪猪脚各有千秋，不分轩轾。

在台湾，吃猪脚面线有"去晦气"的寓意，到现在各地还流行犯人出狱或普通人消灾脱险后吃一碗猪脚面线改运的做法。所以，从北部的基隆到南部屏东的万峦，都有知名的猪脚料理。

在庙口，已有40多年历史的"纪猪脚"无人不知无人不晓，随便找人打听就能找到，但去早了没用，人家只在晚上才摆摊。而只要看看切猪脚的伙计手腕上贴着的跌打止痛贴布，就知道他们家的生意有多火。

对于喜欢吃冰的女孩子，我推荐庙口的"泡泡冰"。泡泡冰又称"基隆冰"，也可说是台版意大利式冰淇淋。剉冰用汤匙手工搅拌至冰砂绵细软柔，再混合自己任意选择的桂圆、花生等配料，吃到嘴里香甜软糯，进到肚子透心凉，是消暑佳品。连台湾当局领导人马英九上任之初拜访庙口夜市时，都特意品尝了颇具人气的"沈家泡泡冰"。

庙口夜市的名小吃不胜枚举，吴记金鼎边趖、一口吃天妇罗、三兄弟豆花、营养三明治、奶油螃蟹……当这些美食汇集在一条不到一里长的狭窄小街，老饕们边走边吃，那种感觉真的很幸福。

台北士林夜市：名气最大，大未必佳

台北是台湾的首善之区，知名夜市也最多。地处台北市士林区的士林夜市，是台北最大、最热闹的夜市，据台北市政府市场处统计，目前士林地区的夜市商店和小吃摊位多达538家。士林也是台湾名气最大的夜市，大陆民众也大多久闻其名，因此许多大陆赴台旅游团的行程安排中，都会有士林夜市一站。

士林夜市里到处都是夸张的招牌（吴景腾摄）

　　士林夜市的特点在于大而全，在台湾"2010年特色夜市选拔"中，它和高雄六合夜市同获"最有魅力"大奖。士林夜市不仅有小吃，还有售卖服装、鞋帽、饰品等商品以及提供美甲、彩绘等服务的商店和摊贩。许多年轻人特别是"美眉"热衷于在这里"淘宝"，置办全身行头，士林也因此成为一些星探和时尚杂志的"淘美"之地。

　　由于士林夜市名声在外，境外和台湾各地的游客慕名而来，每当夜幕降临，华灯初上，食摊之间的狭窄通道都会被食客挤得水泄不通，常常一家摊排队等候要超过半个小时。

　　但就小吃而言，我并不喜欢士林夜市，地方太大，过于嘈杂，小吃特色不鲜明，有点盛名之下其实难副。台湾朋友说，许多发源于士林夜市的美食，因这里租金太高都转战他处。如今夜市里好多家都在卖生炒花枝、蚵仔煎、大鸡排，千篇一律。2011年5月，台湾网络名人朱学恒发表题为《崩坏的士林夜市》文章，批评士林夜市小吃走味，"什么都卖，什么都不好吃"，在台湾社会引发强烈关注，也引发了我的共鸣。

　　事后，士林夜市的摊贩自治会深受触动，检讨要改进。在我看来，"只有民族的，才是世界的"，为了"做观光客生意"，把夜市变成观光夜市，往往是顾全了城市的颜面，却损害了夜市原有的风格与风味，到头来反而被观光客所唾弃。这样的教训，对于夜市的从业者、管理者都应认真吸取。

基隆还有全台湾最多的古炮台，适宜鸟瞰基隆山海美景；而基隆港附近的和平岛，则是观赏海蚀地貌的好地方。

从台北去基隆很方便，从松山火车站搭乘火车还不到10块人民币，班次众多，随到随坐。台北与基隆之间客运也很方便，单程也就四五十分钟。如果是自驾车前往，可以先到野柳地质公园，沿着北海岸一路欣赏沿途风光，晚间再去庙口觅食。

但愿士林夜市能浴火重生，无愧台北必游之处的封号。

饶河街夜市：最好吃的胡椒饼

台湾的知名夜市，往往是因为某一名吃而扬名。饶河街夜市有号称全台最好吃的胡椒饼，而它在大陆能一炮而红，则要归功于上海市市长韩正。2010年4月，韩正访台时夜游饶河街夜市，精明的商家立即送上牛肉胡椒饼，请韩正品尝。韩正吃后念念不忘，后来还公开赞许胡椒饼非常好吃，"两三口就吃下去了"。

饶河街离我在台北常住的亚太会馆不过十分钟的车程。和韩正一样，我也很喜欢这里的牛肉胡椒饼。最著名的福州世祖胡椒饼，采用上好的青葱、胡椒和猪肉做内馅，以木炭焖烤制成。在寒冷的冬夜等候多时，捧着新鲜出炉的胡椒饼一口咬下去，肉汁在口腔里微微发烫，配上酥脆的外皮、鲜美的肉馅，那叫一个美味与温暖。

饶河街夜市还有药炖排骨、排骨酥、旋转薯塔、春卷冰等特色美食。在小吃摊的隔壁，往往就是卖特色杂货的小摊、小店，适合边吃边买，边走边吃，走累了坐下来吃一碗。这也是最正宗的台湾夜市逛法。

逛饶河街夜市，可以和附近的五分埔商圈串联起来。五分埔有点像北京的动物园、上海的七浦路服装批发市场，是台北著名的成衣批发中心，大多也零售。

这里的许多款式都是当下流行，青春逼人，价格相对平实，质量和品牌就要看个人的眼光与好恶了。

宁夏夜市：真正的美食一条街

位于圆环边的宁夏路夜市，是台北最早的的夜市之一。和其他夜市的包罗万象不同，宁夏夜市没有摊位、没有游戏，也不贩卖服饰，是纯粹的美食一条街。台湾开业15年以上的店方可挂"老店"招牌，宁夏夜市上80%的商铺，都是笑傲江湖三四十年以上的绝对"古早味"老店。

这条街上，有以卤肉饭闻名的胡须张、林记烧麻薯、三角窗的环记麻油鸡、林记蚵仔面线、微笑碳烤。美食还妙在其独一无二、常常翻新。比如蛋包和虾仁均常见，但宁夏夜市开业40多年的老店知高饭（卤蹄膀饭），却把这两样混搭成蛋包虾仁汤，QQ的鸭蛋黄配上裹上鱼浆的虾仁，红白黄相间，光看品相就十分诱人。这里的范太太肉羹，排骨汤用的不是一般的白萝卜，而是满满的清脆草菇，有自己的独特风味。

我最喜欢宁夏夜市的地方，其实在于免去排队苦候的"办桌"吃法。宁夏夜市打造出了全台第一个夜市主题餐厅，民众只要提前预订，花上百十来块钱，就有专门的服务人员负责搜集各家摊贩的最著名小吃汇总到一桌来。大陆一名高级

相较蛤仔煎，怕腥味的食客更青睐虾仁煎

宁夏夜市里的肉羹别具风味

干部在这里吃过"千岁宴"后，直呼这一餐比台湾五星级饭店的鲍参肚翅宴席好吃多了，是最能满足口腹之欲的一顿。

逢甲夜市：创意小吃发源地

或许是挨着逢甲大学门口的缘故，台中逢甲夜市总是离不开新鲜的创意和活力。逢甲夜市，恰如一个善于混搭的美女，每每能把一些平常之物搭配出彩，进而引领流行。无怪乎在台湾"2010年特色夜市选拔"中，逢甲夜市能和庙口夜市共享"最美味夜市"的肯定。

现在台湾无人不知的"大肠包小肠"，就是逢甲夜市的首创。"大肠包小肠"是将体积较大的糯米肠切开后，再夹入台式香肠，加上酸菜、九层塔、姜片、小黄瓜、菜脯蛋、花生粉等配料，再依客人需要淋上辣椒、蒜蓉、黑胡椒、芥末等不同口味的酱料。这份"台式热狗"吃来味道层次丰富，回味无穷。

记得我第一次吃到"大肠包小肠"，还有赖于同行的同事耐心排队等了半个钟头，因为巷子口的两家名店前总是排着长长的队伍。逢甲夜市最著名的大肠包小肠店，是官芝霖和百膳工房，两家虽然面对面，却曾为了争"创始店"的名头，一度闹上公堂。

市井与人生

tip 3

占据地利人和之便，逢甲大学的师生们总结了一本逛逢甲夜市完全手册，翔实记录商圈地图、交通资讯、营业时间、地址、口味评价。可到逢甲大学创意教学与创业实习商店索取这本攻略，一册在手，吃喝玩乐走透透。

tip 4

上述几个台北知名夜市都可以搭乘捷运前往。士林夜市在捷运剑潭站1号出口，饶河街夜市可在台北市政府站下车再转乘公交车或搭乘的士，宁夏夜市位于中山站1号出口。

逢甲夜市还有很多看起来"匪夷所思"，吃起来却停不了口的混搭食物，比如乌贼烧是用整只鱿鱼填上满满的西班牙炖饭再酥炸，还有面包上覆盖着热腾腾的炒面的炒面面包、裹满巧克力的冻香蕉、沾话梅粉吃的7种水果"冰糖葫芦"。

逢甲夜市除了创意美食，也是一个商品琳琅满目的大型商圈，只要耐心逛，就有可能从一些特色小店中淘到有趣的商品。

六合夜市：最有"港都"味的人气夜市

"南六合、北士林"的叫法由来已久，听起来颇有点武林争霸的味道。六合夜市是高雄的标志性景点之一，在台湾"2010年特色夜市选拔"中，不仅与台北士林夜市同获"最有魅力夜市"的称号，更获得"最佳人气夜市"殊荣，是唯一拿到两个大奖项的"双冠王"夜市。

高雄号称有六合、南华、忠孝、兴中、光华五大夜市，但六合夜市首屈一指。六合夜市靠近高雄捷运美丽岛站，主要集中在中山一路至自立二路的六合二路沿线。由于高雄是台湾重要的渔港，六合夜市的食物也有着浓郁的"港都"风味与特色。比如老字号庄记海产粥，一碗粥里就包含着印度洋小卷、台湾蟹脚、北极甜虾、布袋蚵等多种海产。六合夜市中，还可以随处见到花枝、石蟹、章鱼等海鲜，做法上也力求保留海鲜的原汁原味，而且好吃不贵。

南部天气炎热，最宜吃冰。六合夜市的冰品和别处不同。我在这里曾经吃过一种非常特别的"炸冰淇淋"，把冰淇淋用面衣包裹后放进油锅里炸，起锅后的炸冰淇淋并不油腻，咬下去也一点都不烫。不过，第一次吃，许多人还是会像我一样，不放心地在嘴边吹一吹。

高雄夜市还有一家全台独一无二的潮州冷热冰，这里说的"潮州"不是广东的潮州市，而是屏东县的潮州乡。冷热冰有一种"冰火交融"的感觉，芋头、花生、红豆、糯米粥和汤圆等配料都是现煮，从热腾腾的锅中捞起加入冰凉的刨冰里。吃冷热冰也有讲究，只能从旁边由下往上吃，不能搅拌，否则就会因为冰融化得太快而只能喝到冰水了。

高雄市政府的一项统计显示，大陆游客最喜爱的高雄景点排名，从高至低分别是六合夜市、英国领事馆、爱河和邓丽君文物馆，而据说六合夜市高达七成的客源都是大陆游客。

在许多高雄当地人眼中，六合夜市是给外地观光客服务的，没有列入五大夜市名单的瑞丰夜市反倒是本地人常去的地方。瑞丰夜市位于高雄捷运巨蛋站旁，汇集台湾各种美味佳肴，入夜时分客似云来，是一个美食天堂。

花园与小北：台南的夜市"双子座"

花园夜市坐落在台南市北区郑仔寮重划区内，占地广阔，纵向排列成多个区块，有统计说摊商总数超过400家；也有人认为摊位总数不只如此，它的规模比士林夜市还大，是全台湾最大的夜市。

台南号称台湾的"美食之都"，夜市自然也要做到全台夜市的翘楚。偌大的花园夜市里，美食种类多不胜数，陈记麻辣鸭血、统大炭烤香鸡排、三轮车大肠香肠、阿美芭乐、小上海香酥鸡、安平蚵仔煎、地瓜球、印度拉茶……这些人气摊档每天都会排起等着大饱口福的长队，人龙长度是每个摊位的"美味观察指标"。

府城台南是明末清初台湾地区的政治中心，民风淳朴而热情，花园夜市也

花园夜市邻近辅仁大学，是台湾最大的夜市

tip 5

瓜果遍地的台南当然也盛产各种水果冰，且每个夜市都有自己的看家本领。像花园夜市独具特色的春卷冰淇淋，量大价廉的雪淇红茶冰，小北夜市包含42个冰种的黑砂糖八宝冰。为应『塑化剂』风波，这些店大都打出检验证明，标榜『纯天然无添加』，游客们可以凭『证』观察，以安心饮用。

tip 6

台北还有很多知名小餐厅隐藏在小巷子中，可以上相关美食网站搜寻，人气高的肯定不会让你失望。

充满着浓浓的古早味和人情味。这里除了小吃店，还有很多的游戏摊档，提供弹珠、打气枪、捞鱼、宾果、小型摩天轮之类的游戏，成年人在这里可以重寻童年的欢乐，消解一天忙碌工作的压力；小孩子则可以玩到电子游戏之外"新鲜"的老游戏，同样玩得不亦乐乎。

小北夜市虽然规模没有花园夜市大，但却被台湾旅游界认为是台南最具代表性的小吃夜市。从台南火车站下车，沿成功路直走，至西门路右转就到了小北夜市。这里云集了200多个摊位，最叫座的小吃包括旗鱼羹、鼎边锉、鳝鱼面、棺材板、虱目鱼汤等。我在台湾走南闯北，觉得鳝鱼面就属台南的最好吃。

说到小北夜市，一定要提起有个怪名字的台南原创小吃"棺材板"。所谓"棺材板"，是将厚片吐司炸成金黄色后，挖空中间的面包馕，变成一个类似棺材的"盒子"，往里灌上浓稠的海鲜浓汤作为内馅，再把面包盖盖上，吃起来类似西餐中的沙拉面包。小北夜市的"张棺材板冠军店"远近闻名，这家的棺材板用了鸡肫、毛豆、玉米、鸡肉等多种馅料，再淋上牛奶与番薯粉、马铃薯调制的酱料，吃起来奶香浓郁，滑润入喉。

臭豆腐是台湾夜市最著名的小吃品种之一，喜欢"腐败"气息的，到了小北夜市就不能不去"臭豆腐联合国"。这家的老板用生姜、中药、老苋菜等秘方浸泡腌制豆腐，经过三个月发酵后，再加入鸡蛋，制成别具风味的鸡蛋臭豆腐。

"棺材板"的名气，想必有这个怪名字的功劳吧

在台南逛夜市要挑日子，这里的夜市营业日期相互错开，以免『打架』。比如花园夜市只在每周四、六、日才营业，位于林森路三角公园的大东夜市在每周一、二、五开市，位于武圣路的武圣夜市每周三、六开业。觅食前别忘记问询下榻饭店或查阅当地网站，以防无功而返。

"联合国"并非浪得虚名，红烧、清蒸、泡菜、咖喱、臭臭锅等20多种做法在这里汇聚一堂，甚至连鱼翅都纡尊降贵，和臭豆腐混在一起。好这口的，来到这家，绝对可以过足"臭"瘾。

夜市对于台湾人饮食生活的重要，由此可见一斑。但在我看来，夜市对于台湾人来说，已经超越了其本来功能，变成一种生活方式，变成一种传统价值，变成和氧气一般生命中不可或缺的组成部分。琳琅满目的小吃和商品，对应的是形形色色的芸芸众生，浓缩了充满着市井气息的百态人生。就一般消费者而言，夜市就是生活的一种形态，不论是怀旧还是求新；对于夜市经营者和摊贩来说，夜市就是营生，就是养家糊口的饭碗；对于城市主政者来说，夜市就是商圈，是招徕外地游客的金字招牌；而对于政治人物来说，到夜市街头拜票则是争取基层选票最直接有效的手段……

夜市，因着这些强大的需求而长盛不衰，越夜越美丽！

不老的老街

　　就像北京、上海人周末喜欢去郊区，台北人周末、假日也喜欢去周边的老街探幽访古。说是"老街"，其实历史大多不到百年，但在台湾已经"够老"的了。到老街，老一辈的人重温自己的青春记忆，年轻一辈的或抱着了解过往历史，或抱着猎奇心理。不管如何，都市人的频频光顾，让这些老街没有没落下去，而是再现风华，但过度的商业化，却也让这些老街应有的古韵在慢慢流逝……

九份：悲情不再的"电影之城"

　　大陆人最熟悉的台湾老街，莫过于侯孝贤导演的代表作《悲情城市》的拍摄地——九份。

　　九份位于新北市瑞芳镇，从纸醉金迷到金尽人散，从寂寂无名到一夜暴红，再到如今的涅槃重生，百年间它大起大落的身世，就好像是一部大量使用长镜头的电影，留给后人无限遐思。

　　据《台北县志》记载，最早九份是一片人烟稀少的山村野地，山上只有9户人家，无论谁下山买东西都会一次带齐，告诉店家"九份"，九份也因此得名。19世纪末，离九份咫尺之遥的金瓜石发现金脉，顿时很多人涌来淘金。日据时期，日本人在金瓜石设立企业开采金矿，大量黄金被输往日本，金瓜石成为"东亚第一金都"。

　　金矿的开采，使得大批日本淘金客和交易商纷至沓来，造就了九份的繁荣。这里一度青楼酒肆林立，夜夜笙歌，被称为"小上海""小香港"。20世纪七八十年代，金脉挖掘殆尽，矿工四散，九份的繁华戛然而止。

九份的重生源自电影。1986年，日本动画大师宫崎骏由九份获得灵感创作了动画电影《天空之城》，影片上演后，九份开始引起关注。但直到1994年《悲情城市》的播出，才使九份真正回到人们的视线中。

宫崎骏和侯孝贤也许是太爱九份了。步入21世纪，宫崎骏又以九份为原型，创作了动画电影《千与千寻》中的老街和夜市。这部影片反响极大，九份也一跃成为海内外漫画迷尤其是日本漫画迷的逐梦之地。侯孝贤则在2007年推出了再度在九份取景的电影《恋恋风尘》，使九份的盛名更加远播。

我去过多次九份。记得初到九份的那一天，正下着濛濛细雨，游客稀少，狭长的石阶攀附在小山城的躯干上，雨滴滴滴答答打在老街两边的老屋屋顶的油毡布上，屋檐下一盏盏亮起的红灯笼，带来一种忽远忽近的烟火气息。台湾朋友说，下雨天到九份，才能品味它的静谧之美。我想自己是来对了。

九份的街道分布像个"丰"字，横向的三划由北至南分别是基山街、轻便路及汽车路，中间一划是竖崎路。汽车路是九份往瑞芳的联络道路，因能开进车而得名。到九份后，从汽车路登上三四百级的狭长石阶，先沿着竖崎路一路逛到山顶，再逛逛两边的轻便路和基山街，是玩九份最普遍的一条路线。

基山街又称"暗街"，天色愈暗愈热闹，入夜后是九份最繁华的一条道路，许多高悬的大红灯笼上就写着"九份山城·越夜越美"。竖崎路则是一条漫长的石阶梯，是九份最具特色的"阶道"，两旁尽是咖啡店和茶馆，石阶、茶香、日式老房，有着特别的情趣。台湾小众歌手陈绮贞就曾以这里的景致，创作了一首《九份的咖啡店》。如果走累了，找一家咖啡馆，居高临下观赏北海岸风光，就可以体会歌中所唱的"这里的空气很新鲜，这里的感觉很特别"。

再度繁华的九份，不再是当年淘金人的天堂，摇身一变为游人如过江之鲫的旅游胜地。然而，就像一篇影评所说的，当侯孝贤和九份都已经成为流行符号的时候，当初他们被认可的那些东西或许就已经失去了其中的原意。

九份现在很多的民居被改造成了酒吧、餐馆，大多挂出"××悲情城市"的招

● 斌华提示

tip 1

九份邻近的金瓜石矿区原址建成了一个记载当年淘金史的黄金博物馆。邻近还有太子宾馆（为当年的日本皇太子后来的日本天皇裕仁准备的桧木行宫）、黄金神社、日式宿舍群、黄金瀑布等景点。

tip 2

到九份，可自台北捷运忠孝复兴站或基隆火车站搭乘基隆客运前往瑞芳、九份、金瓜石方向的班车，于九份站下车；或搭乘台铁东部干线列车在瑞芳站下车，再转乘基隆客运或出租车往九份及金瓜石。

牌，街上的手工艺品、小吃也越来越同质化。侯孝贤在重返九份后，就感慨原先的韵味不存，而说了重话："拍了《悲情城市》，让九份变成现在这个样子，我有深深的罪恶感。"

还好，我到九份，都刻意避开周末假日的人潮。记得有一次，我沿着竖崎路往上一直爬到山顶的九份小学。芋圆是九份的名小吃，这里有一家备受当地人推崇的"阿柑姨芋圆店"，是九份最老也是位置最高的芋圆店。在小吃店的观景台上，我一边大嚼着滑润的芋圆，一边隔窗鸟瞰九份的山城景致和远处碧波荡漾的海洋，突然想起台湾知名影评人焦雄屏对《恋恋风尘》的评语："刹那之间，自然/文明，沉寂/流动，过去/现代交叠出繁沓的意念。"

深坑：都市人"吃豆腐"的地方

和九份一样经历过矿业兴盛的流金岁月，也经历过从没落到复兴，虽然没有借助一部电影留名立传，深坑却以"吃豆腐"成为不少北部都市人周末喜欢踏访之地。

深坑地处新北市深坑区，离台北市的信义区不过10分钟车程。深坑乡四面环山，形似坑底，旧名"簪缨"，临近猫空、石碇及木栅动物园等景点。

电影迷可以根据影片在九份『按图索骥』：竖崎路上有古香古色的阿妹茶楼，其斜对面是全台湾第一个电影院——升平戏院，升平戏院旁边是茶楼『悲情城市』（旧名『小上海茶楼』，因《悲情城市》在此拍摄，搭车改名）；《恋恋风尘》中的阿云和阿远的家，位于九份小学附近的仑顶路46号。

从台北车站搭乘指南客运660班车到深坑，或搭捷运木栅线到台北市立动物园，或搭视大熊猫『团团』『圆圆』后，再搭门前多路公交车均可到深坑老街；也可自行开车前往。

台湾出名的老街，多有一种撑得住门面的独特小吃。像淡水老街有鱼酥、铁蛋，大溪老街有豆干，旗山老街有芋仔冰，深坑出名的是我们餐桌上常见的豆腐。到了深坑，在街口就可以闻到弥漫的豆腐焦香味，一路望过去，迎风招展的旗幡都是"豆腐"主题，红烧豆腐、臭豆腐、串烤豆腐、木桶装豆腐花、豆腐冰淇淋……你能想到的、没有想到的豆腐做法这里都有。

深坑豆腐特别好吃，秘诀在于深坑不含铁质的特殊水质和传统的豆腐制作工艺。这里的豆腐大多遵循传统的盐卤法，以木炭燃烧加温制成，手工的豆腐吃起来芬芳嫩滑，还有独特的烟熏口味。

1997年，"北二高"通车后，从台北到深坑吃豆腐只需要10分钟车程。在台北时常有朋友相约，到猫空喝喝茶，再到深坑吃午饭。据说，深坑每年都吸引超过50万人次的观光人潮。每逢周末、节假日，这条只有200米长的窄窄老街，常常是摩肩接踵。

我每次到深坑，吃得最多的是庙口前王水成豆腐老店的麻辣臭豆腐、六婶婆豆腐食府的翡翠豆腐，天气热的话也会吃个豆腐冰淇淋消消暑。老街的48号是一座巴洛克洋楼，主人颜松涛和颜和恩父子是豆腐雪糕的首创者。颜松涛用手绘的方法，创作出了乡土连环漫画志《深坑烟熏豆腐传奇》。曾经从事文化创意工作的颜和恩，则为豆腐"穿"上或古早或新潮的外衣。我很喜欢在店里，一边品尝

tip 5

深坑除豆腐外还有『三宝』：绿竹笋香甜多汁、黑毛猪肉口感细腻、包种茶清香甘醇，在老街上都能品尝到。

tip 6

九份和金瓜石地区，都能找到安静且有特色的落脚处，两地各有优胜。九份民宿大多可望见海港夜景，距离老街近；金瓜石则相对清静，腹地广阔，可以细品山城的悠闲感。九份地区由古厝改建而成的『基山街247号民宿』，可以欣赏店主搜集的20世纪50年代制造的古董家具，金瓜石地区形似教堂的欧式民宿『利末庄园』，不仅山海景观一流，还提供有机饮食。

着豆味十足的冰淇淋，一边欣赏述说豆腐历史的连环画和手工艺品。

　　深坑现存许多保存完好的古厝，包括永安居、福安居、德邻居、润德居、黄氏古等。沿街房屋的最大特色是楼中楼设计，由于早期的深坑有土匪出没，于是先民将一楼住宅设计成楼中楼，可从二楼窗户观察楼下动静。老街的拱廊则设计成拱门状，可用木板挡在一楼门口，防范土匪侵入。前几年，当地政府进行了复旧整修工程，重现了当年老街拱廊和红砖并陈的闽南古厝建筑风格。

　　因此，到深坑，除了豆腐有吃头，古厝也很有看头。

莺歌：台湾也有景德镇

　　从台北市区驱车不到一个小时就到了莺歌。我第一次去莺歌镇是为了采访台湾省各级农会的改选，我们在当地农民的带领下来到莺歌镇，与这个台湾"瓷都"进行了第一次亲密接触。之后，我又两度去莺歌，故地重游，发现莺歌越发精致迷人了。

　　莺歌之名，很容易让人联想到"莺歌燕舞"，充满诗情画意。《莺歌镇志》说："本镇在清朝光绪年间名为莺歌石庄，因北面山脉斜坡翠岚屹立一大岩石，其形似鹰，古称鹰哥石，清末改为莺歌石。"另一个传说则更有趣，说郑成功当年路过莺歌时，听闻有巨鸟危害一方，便用箭镞射穿巨鸟咽喉，巨鸟中箭后逃至山头。众人追过

深坑豆腐菜之烤豆腐（胡声安摄）　　　　　深坑老街出口（胡声安摄）

去发现山头矗立着一块鹦鹉样的巨石，咽喉部位有个窟窿，这才明白原来巨鸟是石头成精所化，便以"莺歌石"称之。其实，郑成功并未到过莺歌，但莺歌石却依然耸立在莺歌山半山腰上，为这段无稽之谈留下有稽之证。

莺歌生产陶瓷的历史始自清代，据当地史料记载，清代嘉庆年间，福建泉州吴姓家族渡海来台，取用当地的田土烧窑制陶，自此开启莺歌人"点土成金"的历史，至今已有200余年。方圆仅18平方千米的莺歌小镇，在最繁盛时拥有近千家陶瓷工厂，陶瓷商店、博物馆、陶艺馆更是不计其数。当地居民从事的工作，也几乎全与陶瓷有关。

要了解莺歌陶瓷生产的辉煌历程，首先须到莺歌陶瓷博物馆参观。虽然坐落在小镇，其设计和建设却是国际一流水平。直上直下的玻璃墙，让馆内有充足的自然光，入门便是一字排开的几个近2米高的大瓷瓶，楼上则是莺歌出产的一些陶瓷精品。博物馆里还设计了一个仿真的瓷窑，灯光效果之下几可乱真。

聪明的莺歌人既烧制了花瓶等许多传统样式的瓷器，也开发出瓷玩具、瓷拖鞋等新型瓷器，我看了不由感叹："这也是能用瓷做的！"博物馆人气最高的，是馆内的"儿童体验区"，是专为4～12岁的孩子设计的"捏土"世界。这种寓教于乐的方式，有助于陶瓷这一民族传统工艺的传承与弘扬。

有着"陶瓷老街"之称的尖山埔路，我3次参访，每次都有新发现。这里原来都是瓷窑,如今却是瓷器一条街。在棕榈树下,是一家挨着一家的工艺品商店,里面陈列着莺歌生产的瓷器,也有从大陆进口来的陶瓷艺术精品。货架上的瓷器、陶器琳琅满目,有些设计新颖独到,让人爱不释手,如倒流壶、玄机杯和精致的茶具等。位于尖山埔路27号的台华窑台湾风华馆,被称为"莺歌故宫",这里坚持走高端精品路线,定期有很多陶瓷大师的作品展览。

我第一次到老街时,店员认出我们是首批大陆赴台驻点记者,特意将他们研发的玄机杯送给我们,此杯暗藏玄机,倒上水后杯底会出现脸谱乃至裸体美女等图案。2008年再去时,同行的同事在这里买了一对袖珍的小柿子,红彤彤、圆润润,煞是可爱,寓意"柿柿(事事)如意"。类似这样的创意,在这条竞争激烈的老街层出不穷。

第三次到访时,老街的生意更好了,店也越开越大越高端。值得一提的是,莺歌新推出最具本地特色的"窑烤面包",用以前用来烧制陶瓷的陶窑,烤出外酥内软的面包和香味四溢的比萨。我行程匆匆,没有来得及品尝,但据吃过的台湾朋友说,用窑烤出来的面包特别好吃,关键就在于陶瓷窑能让面包表面香脆的同时,又能留住内部的水分,而且还带着淡淡的木炭香。希望下次再去时,能大快朵颐。

午后走在莺歌的老街,微风吹拂着棕榈树梢,让人心里宁静。老街虽然缺乏古韵,但却洋溢着陶瓷艺术的气息,值得一游。

平溪:放飞一盏光明的心愿

在台湾,节庆时燃放天灯、祈福纳祥是习俗之一。2010年上海世博会的台湾馆就采用独特的"山水天灯"造型,以宣扬这一台湾独特民俗。而如果有机会到台湾的"天灯之乡"平溪,您就可以亲手放飞一盏盏光明的心愿。

平溪区位于新北市,地处基隆河上游。早年的平溪煤矿很多,日据时期兴建了平溪支线铁路,成为日本掠夺台湾煤矿资源的"黑金支线"。平溪煤矿在1997年正式关闭,但平溪线仍然保留下来,被台湾观光部门定为观光铁道路线,与内湾线、集集线并列台湾硕果仅存的台铁三大支线铁路。平溪支线全线共9站,以十

tip 7

可从台北乘台汽客运或台北客运至莺歌站下车，或搭乘『首都客运』、桃园客运在莺歌客运站下车，或从台北市中华路搭乘联营702路公交车，于莺歌站下车，陶瓷博物馆亦有停靠站。

tip 8

陶瓷博物馆每周六早上十点有现做现烤的新鲜窑烤面包，每天推出100个，仅接受现场购买。靠近莺歌石山坡，也有当地社区居民热心搭建的面包窑烤制面包和披萨，台湾TVBS的记者告诉我说，这座窑还会特别选择樱木等一些容易散发出香气的木头作为柴火烘烤面包。我没有亲见，希望您能亲自去发现。

分、平溪及菁桐3个车站最具特色。

2008年，我曾经坐火车漫游了一次平溪支线。在研究了台铁的时刻表后，总结出一套既节省时间又玩得悠闲的方法。清晨8点47分，从台北松山火车站搭乘自强号火车前往瑞芳，9点16分到瑞芳后，不出月台直接在月台购买"平溪一日游套票"，等候 9点39分的平溪支线小火车，上车后于10点23分抵达平溪支线的最后一站菁桐，然后折返过来慢游菁桐、平溪、十分，体验不一般的铁道乐趣。

一出菁桐站，就可以看到日式木制车站，车站是奶白色的木建筑，灰檐屋顶长满青苔，是平溪线上最漂亮的火车站。出车站后不久，就到了煤矿改成的煤矿博物馆，这里保留了防毒面具、水壶、镐锹等不少矿工用过的器具，博物馆附近是记录煤矿生活的"洗选煤场"。菁桐随处可见以日本地名命名的店铺，留有许多保留完整的日式宿舍，还有一间当时要给裕仁来台住宿的"太子宾馆"，建造的背景和前文提到的金瓜石太子宾馆是一样的。

菁桐尽管很有特色，但我最惦记的还是到平溪放天灯。在老街用完午餐后，就从菁桐搭车，四五分钟就到了平溪。街上有很多卖天灯的店铺，随便找了一家，依大小不等，花上人民币几十块钱，就可以买一盏天灯。放飞前可以用笔在天灯写上自己的愿望，懒得写的也可以选择已经印有吉祥语的天灯，内容有"永结同心"、"祝学业有成"等，还有最实在的"天神保佑，乐透中头奖"。

tip
9

放天灯最好让店家专门指导，燃烧不足或过分都不能让其升空，更有可能烧到自己。

tip
10

去莺歌可以顺道坐汽车或火车游玩三峡古镇。三峡在清代以制茶、染布与樟脑发迹，至今镇上仍有不少蓝染作坊。『金三峡牛角』是闻名全台的美食，这里许多店铺都能烤制出炉金灿灿、油汪汪的牛角面包，是三峡镇的行销招牌，甚至有人戏称『三峡镇』为『金牛角镇』。三峡还有著名的清水祖师庙，庙口有一家『福美轩』饼铺，号称是『金牛角』的鼻祖，但要想吃到，必须耐心排长队。

记得我当时放飞的是一盏写有"诸事顺遂"的天灯。看着它袅袅飞向空中，心里莫名感动。后来我又在夜里去过一次平溪，天灯施放后，飘摇直上，忽明忽暗，最后消失在沉沉夜幕之中，仿佛真上了天，感觉更加玄妙。

平溪天灯和盐水蜂炮，是台湾闹元宵时的两大节庆活动。至于平溪天灯习俗的由来，相传是因为早期平溪、十分一带的偏僻山区，常有土匪抢劫，由于通信不便，人们以放天灯为信号互报平安，后来演变成当地过元宵的习俗。

每年元宵前后，平溪人满为患。从停车场到放天灯的广场，路程仅两千米，但人实在太多了，竟然要整整走一个半小时。我是不喜欢凑热闹的人，但我的同事曾经在元宵节专程到平溪，据他描述，当天平溪的夜空中飘满天灯，真是"层峦叠嶂万籁俱寂，寒夜群山千灯并起"。

2011年3月6日，台中市的哈克饮料店（实际上是家上演"猛男秀"的夜店）因舞者玩火不慎发生火灾，酿成9死12伤的惨剧。这一惨剧震动全台，台湾地区立法禁止室内放明火，但为尊重民俗，特别为平溪天灯"开后门"。平溪成了台湾唯一合法"玩火"的地方，今后每年的元宵节想必更是人山人海。

但我还是会选择在一个平日的夜里去平溪，因为许愿是很私密的事，只有人静，心才能静，愿或许也才能成真。

购买平溪线一日周游券，凭票可于当日不限次在平溪线各站往返，十分方便与划算。但平溪支线的发车间隔较长，最好抵达时从车站索要一份时刻表，以备合理安排行程。

位于深坑街80号的『丽芬肉粽』，是老街上资格最老的肉粽店，以现制现煮的肉粽闻名，有招牌、红糟等多种选择。台北人到深坑除了吃豆腐，常会打包一些肉粽带走。好这口的，也可以入乡随俗。

起死回生的平溪线（陈越摄）

放天灯本来是老辈人的习俗，现在却成了年轻人祈愿的最爱

市井与人生

到菁桐，中午可在菁桐老街58号的红宝矿工食堂用餐。这家店前身为石底矿坑的矿工福利社，店里的美食多和矿业、铁道有关，推荐铁路便当、红宝面茶三吃等美食。到平溪，在平溪老街和中华街交叉口，有一家名为『红茶班长的店』的美食兼杂货铺，这里的鸡丝面汤底用大骨熬成，非常香浓，也出售许多台湾早年生活常用的『古早』物品。

从平溪搭火车，十多分钟可到十分。十分老街同样有不少采煤业遗迹。从十分老街出来，走一段山路就可到有『台湾尼加拉瓜大瀑布』之称的十分瀑布。

平溪是许多影视剧的取景地。根据新北市政府整理的资料，平溪可以追星的景点包括：菁桐老街可见偶像剧《流星花园》杉菜卖冰的冰店，以及电影《沉睡的青春》、梁静茹的MV《不想睡》、锦绣二重唱的MV《20年后的幸福》的取景处；太子宾馆则是电视偶像剧《薰衣草》、《吐司男之吻》的取景地。菁桐日式宿舍群可寻找到《贫穷贵公子》中周渝民的家以及周杰伦MV《枫》的经典场景。

这里很"客"气

　　2011年5月16日这天，台北下着小雨，我和三位朋友还是冒雨出发，前往位于台湾中北部山区的苗栗县三义乡。三义是台湾"木雕之乡"，但我们此行的主要目的不是看木雕，而是去赏桐花，因为一年一度的台湾客家盛事——桐花祭已近尾声，再不看就只能等到下一年了。

　　油桐树是广泛种植于台湾客家山区的重要经济作物。早年客家人以油桐子所榨的桐油为涂料，用于纸伞、木器的防水防漏；油桐木则可以作为火柴、家具、木屐的材料。桐花因为没啥实用价值，朴实辛劳的客家人只顾温饱，难得看上桐花几眼，绝没想到有一天它们会变成吸引千万人纷至沓来的"五月雪"。

　　台湾当局2001年设立专责客家族群事务的部门"客家委员会"。在成立的第二年，"客委会"从客家庄常见的桐花获得灵感，将桐花绽放至凋落的景象赋予"五月雪"的诗意，开始在每年四五月间举办"桐花祭"，由赏花结合客家美食、产业与文创商品，推广客家文化，结果大受欢迎。现在每年能为各县市吸引千万人次的游客，创造以百亿元（新台币）计的庞大商机。

　　我们沿着"北二高"往南行驶。一进入新北市的三峡区，左侧山上已可见到桐花的点点芳踪。新北、桃园、新竹、苗栗、台中、南投、彰化七县市是桐花祭的主场地，南部比北部天气热得快，因此各县市桐花开花也由南向北"接力"。喜欢观赏桐花的人，倘若

　　　　　　　　　　　　　　　　　　　　　　　　　　　　市井与人生

美丽的桐花在枝头绽放

在南部没看过瘾，便会一路北上"追花"。

两个小时后，我们抵达三义。三义木雕博物馆的边上，就是著名的赏花步道"四月雪小径"。沿着木栈道，我们在霏霏细雨中拾级而上，穿行在油桐树林间，走了将近20分钟，只看到几棵树上还有盛开的桐花，多数则都已掉落地上，零落成泥碾作尘，让人不胜欷歔。当地人说，我们来晚了，上一周这里的花开得正灿烂，结果一夜风雨，桐花如落雪一样基本掉光了。

失望而归的我们在参观完木雕博物馆后，驱车前往邻近的胜兴车站。不到10分钟，就到达目的地。胜兴是一个山线铁路小站，建于1916年，是台湾西部纵贯铁路的最高点，现在站内立有一块标示海拔高度402.326米的纪念碑，述说着曾经的荣耀。

随着山线双轨铁路的通车，胜兴逐渐失去原有的车站功能，1998年9月以后便彻底"打烊"。但由于日式木屋造型优美、古色古香，车站被保留下来，与边上废弃的窄轨铁路、隧道，成为岛内知名的怀旧景点，更是台湾"铁路迷"心中最美的老车站之一。

胜兴车站是台湾知名的赏桐胜地。我们到达时，铁路边山坡上却只见零零星星的桐花，无缘得见漆黑的铁轨与雪白的桐花相伴，感受那种黑与白、力与美、刚硬与柔弱、死气沉沉与生机勃勃的强烈冲撞。尽管有些遗憾，但跋涉在废弃的轨道上那种风尘仆仆的漂泊感，让我们都觉得不虚此行。

已是中午时分，我们转往公馆乡市区，打听到一家著名的客家菜馆。或许是求新求变吧，餐馆现在已经主营海鲜料理，甚至连客家主食粄条都没有备料，还是应我们要求到附近单买现炒的。但厨师的客家手艺没有丢，很快做好姜丝大肠、客家小炒、福菜肚片汤、客家豆腐等一大桌客家名菜，是台北难得吃到的地道美味，被我们迅速一扫而光。

用过午餐，不死心的我们又驱车经过铜锣乡的客属大桥，来到桐花公园。在绿树掩映中，山坡上一座客家大院很是显眼。大院采客家三合院民居的传统布局，正房复制客家人的客厅布置，左右厢房展出客家人常用的农具、厨具等，让参观者能对客家人的生活起居有大致了解。

客家是汉族的一个支系，现为台湾本省人、外省人、客家人和原住民四大族群之一。台湾"客委会"2011年3月发布统计说，按照"具有客家血缘或客家渊源，且自我认同为客家人者"的标准，台湾客家人总数为419.7万人，约占台湾地区总人口的18.1%，主要聚居在桃竹苗、高高屏、花东等三大区域。

　　虽然迁移到台数百年，但台湾客家人从来都以"黄帝嫡亲苗裔"自居，标榜继承中原正统与遗风。他们尊师重教，晴耕雨读，讲道义，重伦理，守礼节，民风古朴，甚至有些迂腐。在一些传统的客家庄，家中来了客人，女人只能在厨房忙乎，是不能上桌与客人一起吃饭的。我的一位台湾女同行，在嫁给现在的先生前就很犹豫，因为先生是客家人，而客家人重男轻女在台湾是出了名的。

　　在台湾开发史上，客家人生活在福佬人（指闽粤迁台先民）与原住民的夹缝甚至是挤压中，为了生存与发展，他们特别重视保存与传承本族群的语言、文化与传统，讲求团结，坚忍"硬颈"（类似"硬骨头"），甚至还曾建立像"六堆"这样严密的军事组织。而山区条件贫乏的生活生产空间，又使他们养成勤劳节俭、克己吃苦的个性与传统。就拿台湾目前地位最高的客家政要——国民党荣

卖凉茶的客家妇女

北浦让我回味无穷的客家老字号

誉主席吴伯雄来说，吴家三代担任桃园县长，家境殷实，是桃园也是台湾客家望族。但我2011年5月下旬专访他时，看到伯公的公文包破旧得斑斑驳驳。我打趣说："伯公，您这公文包够破的，还用啊？"伯公憨厚地笑一笑说："用了几十年，有感情啊！"

山路狭窄蜿蜒，加上天雨湿滑，更加艰险，但却打不消我们赏桐的兴致。下午3点，我们来到位于公馆乡一处高山山腰的桐花会馆。会馆里有多棵高大的桐花树，我们坐在木屋之内，一边喝咖啡，一边看洁白的桐花在雨中轻轻颤动。一阵风来，几朵桐花袅袅飘落。前一周刚到新北市承天禅寺赏桐的交通银行台湾办事处首席代表陈越说，这里的景象不如承天禅寺，那里一阵风来，桐花漫天飞舞，真的很像落雪。

闻其言，看着落满树下的桐花，我心生感触：人们争相观赏"五月雪"，其实重点并不是看一树繁花，而是看落英缤纷。人真是奇怪的动物，都向往灿烂辉煌，却又爱看繁华落尽，而后触景伤情，自怜自叹。正所谓"哥看的不是桐花，是惆怅"。其实，花自飘零水自流，桐花又何尝能意会你的忧伤呢？

由于四处寻花耽误了不少时间，我们只好取消原定前往新竹内湾、北埔的计划。内湾、北埔是我最喜欢的台湾客家庄之二，因为它们有着浓郁的客家风情。

内湾是新竹县横山乡的一个小山村，不仅客家风情浓郁，而且野趣天然。除

市井与人生

● 斌华提示

tip 1

台湾主要观赏桐花步道有：新北市土城区承天禅寺步道相当著名，平溪、深坑、汐止、石碇几个区也有赏桐步道；台北市文山区有木栅、猫空赏桐步道；苗栗县有通宵镇挑盐古道，公馆乡出矿坑古道，三义乡外庄山桐花林道、四月雪赏桐步道、挑盐古道、挑柴古道、挑盐古道等等，

tip 2

赏桐最宜清晨，因为前一夜悄然落地的桐花上沾着点点的露水，最能让人感受到桐花肤白似雪的美丽。

了春天的樱花、初夏的桐花，这里还有客家老屋、旧铁路，夏天晚上还能童心未泯地去林间看萤火虫。

20世纪50年代铁路内湾线货运繁忙，造就一时的繁华，给这个山村留下一条景观独特的老街。每到周末假日，老街上游客纷拥而至。沿街摊贩、商店售卖客家麻糍、野姜花肉粽和客家擂茶等美食、点心，来一次是吃不完的。

不过看真正的客家老屋，还是要到北埔。在台湾开发史上，闽粤械斗和今天的巴以冲突一样常常发生，但北埔是个例外，是由粤人姜秀峦与闽人周邦正在清道光年间携手开发的。

姜、周两人共同设立的办事处金广福公馆，创建于1835年，"金"代表获得官方授权，"广"、"福"则代表广东与福建。集闽客建筑风格于一身的金广福公馆，是新竹内山闽客先民开拓史的活化石，与旁边的"天水堂"一起被列为台湾地区一级古迹。

天水堂是早年垦户首领姜秀峦的故居，是北埔最大的客家民居，因姜氏的郡望堂号为天水郡而得名。天水堂是一个三合院，虽大量就地取用石材，但建筑设计考究，是台湾最大、最具观赏价值的客家民居之一。不过由于姜氏后裔仍在内居住，平常并不对游客开放，我是少有获准进去参观者之一。

北埔大户人家的老屋，都设有枪眼、瞭望口等，好似一个战斗堡垒。这是此地当年武装移民开发的印记，从中可见客家先人冒险垦殖之不易。或许是因为历

新埔义民庙屋顶的精美泥塑

tip 3

狮头山是苗栗著名风景区、宗教圣地。其主体建筑「狮山大楼」主堂里，密密麻麻供着少说也有100座的神像，里面有道教、佛教、儒教的各路高人，光「帝」一级的就有玉皇大帝、玄天上帝、保生大帝、关圣帝君、五显大帝和天上圣母妈祖等，也分不清是释迦牟尼大，还是孔子、太上老君尊。由于各界神灵都有，可以针对不同信仰的善男信女排忧解难，因此被戏称为「中央联合办公大楼」。

史上富豪大户比较多，北埔一带的客家菜做得特别美味、讲究。我曾在北埔一个客家大院吃过一顿午餐，至今仍被我列为台湾最好吃的客家菜。

离北埔不远的新埔镇，是台湾义民信仰中心。镇上规模宏大、布局谨严的义民庙，是台湾许多义民庙的祖庙，也是香火最旺、信众最多的。义民指清乾隆年间一批为除暴安良、保乡自卫而牺牲生命的客家先人。旨在纪念他们的"义民祭"是台湾客家人年度重要祭典，每年都能吸引大批游客到新埔。

桃园、苗栗、新竹一带是"北客"的聚居地，高屏溪畔的六堆地区则是"南客"的主要家园。康熙年间，高屏地区的客家先民为了保护身家性命，捍卫辛苦拓垦的家园及族群，自发组成"六队"民兵组织，后为了淡化军事色彩，改称"六堆"，包括右堆、左堆、前堆、后堆、中堆、先锋堆，范围由最初的十三大庄、六十四小庄，演变为今天高雄市、屏东县境内12个通行四县腔客家话的乡镇。六堆虽然不是行政区域，但在客家人心中却有着清晰的疆界。留存着最古老、最纯粹台湾客家文化的六堆，被誉为"客家桃花源"。

客家观光名镇——美浓是"右堆"的一部分，位于原高雄县境内，距离高雄主市区约半个小时车程。1736年，客家先民在此垦殖，建立了"弥浓庄"。现在，这里居民绝大部分仍是客家人，完整保存着客家文化。

美浓有三宝：纸伞、烟叶、美浓窑。我去过多次美浓，最喜欢那里的烟田风

tip
4

三义木雕博物馆展示中国传统佛教造像、台湾本地木雕艺术以及世界土著民族的木雕作品等，堪称木雕艺术殿堂。附近街道两边，是一家挨一家的木雕工艺品店，喜欢木雕艺术的人可以沿街『淘宝』。

tip
5

到客家庄不吃客家菜，等于白去一趟。客家名菜有姜丝大肠、客家小炒、酿豆腐、福菜肚片汤、冬瓜封、白斩鸡等，主食以炒粄条最好吃。但客家菜多油味重，点菜时注意荤素搭配。此外，类似茶汤的客家擂茶，也值得一尝。

光。种烟曾是美浓最重要的产业，至今还可看到成片的烟田和1000多座烟楼。以前每年12月中旬到第二年3月，是当地的熏烟期，可以看到轻烟从一间间带有小阁楼式天窗的烟楼飘出。这一景观随着制烟技术的改良，已不复见。此外，美浓的油纸伞图案精美，做工考究，随着观光业的发展，如今品种越来越多，是游客最爱买的旅游纪念品。

"少无适俗韵，性本爱丘山。误落尘网中，一去三十年。" 其实客家人也是汉人，客家建筑风格也不算很特别，但我和许多台湾民众一样，还是喜欢一而再、再而三地到客家庄，我想是因为客家人淳朴热情、宅心仁厚，更具古风，而客家庄有着喧嚣都市难得一见的质朴宁静吧。

走进台湾
象牙塔

　　"象牙塔"（Ivory tower）一词出自圣经《旧约·雅歌》，原本是用来赞美新娘美丽的颈项，后来被引申为"与世隔绝的世外桃源、隐居之地"。在我的理解中，这个词引进到汉语后，现在更多被用来指与现实社会生活保持距离的大学和科研院所。

　　离开大学母校十多年，凡尘世事经历越多，我就越发怀念在象牙塔里的青葱岁月，也因此有着很深的高校情结。带着这样的情结，到台湾后，我遍访台大、清大、交大、东海、成功、中大、文大、东吴等台湾名校，在领略各校校风的同时，也饱览多所以景观美丽著称的高校的校园风光。

台湾大学：椰林大道，"傅钟"长鸣

　　台湾大学是台湾地区综合性大学的龙头老大，前身为成立于日据时期（1928年）的台北帝国大学，台湾光复后更名为台湾大学。1949年后，由于当时中央大学还未在台湾"复校"，台湾大学成为国民党当局挹注最多教育资源的高校，学科齐全，规模宏大。这样的历史背景，也使得今天的台大成为台湾的"大地主"，不仅拥有台北市境内的四大校区，还在南投县、新竹县、新北市拥有实验林场、农场，总占地面积约为全岛陆地面积的百分之一。

　　台大毕业的校友，活跃于台湾社会，堪称人才辈出，灿若繁

上图·为纪念傅斯年而建的"斯年堂"有着浓浓的希腊风情（吴景腾摄）
下图·椰林大道是台大的景观中轴线（吴景腾摄）

星。仅以台湾当局领导人为例，蒋经国逝世至今，历届台湾领导人均毕业于台大，尽管当中也有沦为阶下囚的陈水扁。而台大医学院、法律系等明星科系，几十年来始终是台湾高中毕业生报考的大热门。

在台北工作之余，我喜欢到台大校园逛逛。我的母校厦门大学一进正校门，就有一条很提气的椰林大道。从正门进入台大，同样是一条椰林大道，由正门一直延伸至总图书馆，全长约600米，是学校的中轴路。大王椰子树和杜鹃花，是全校公认的校树和校花。

台大的红色日式建筑自成一格，以至于我只要远远看到楼房的外墙，就知道快到台大了。校园里众多的建筑、设施中，我最喜欢的是已故校长傅斯年的两处纪念设施——"傅钟"与"傅园"。

傅斯年是近代著名历史学家，也是"五四"运动学生领袖之一，被他的老师胡适先生誉为"人间一个最稀有的天才"。他曾任北京大学代理校长，1949年出任台湾大学校长，对台大影响深远，深受学生尊重与喜爱，1950年12月因脑溢血猝逝。

为纪念傅先生，台大铸造了"傅钟"，置放于椰林大道和行政大楼之间，上面镌有傅先生提出的台大校训"敦品、力学、爱国、爱人"。这口高悬的铜钟，不仅是台大的校钟、上课钟，更是学校的精神象征。我有次去的时候正值下课，"傅钟"铿铿鸣响。毕业于台大的台湾朋友提醒说，你听听它敲了多少声。我一数，是21声。至于21声的寓意，可以从"傅钟"基座上的铭词找到答案："一天只有二十一小时，剩下三小时是用来沉思的。"原来"傅钟"敲响的，是已故校长对台大学子的谆谆教诲。

"傅园"位于台大正门右侧，原本是台大理农学部的热带植物园。傅先生去世后，台湾当局援引美国维吉尼亚大学为杰弗逊总统专门在校园内建造陵墓的先例，将傅校长安葬于台湾大学校门旁，命名为"傅园"。树木参天的傅园内，竖立着一座仿希腊帕提农神庙的神殿式建筑"斯年堂"，亭前有无字方尖碑和喷泉水池，亭中是傅斯年墓。

顺着椰林大道往篮球场及体育馆方向走去，就到了台大最诗情画意的地方——醉月湖。醉月湖的湖心有一座幽静的小亭，湖畔垂柳，深得中国园林之趣。这里更像是一个生态课的天然教室，白天能看见野鸭在水面上嬉戏，成群结队的乌龟家族在路上晒太阳，晚上还能听见青蛙和蝉的合唱。这里与我母校的芙蓉湖一样，是校园的柔肠，更是学生情侣花前月下的首选。

在我看来，只有"傅钟"的台大太严肃，只有醉月湖的台大太滥情，两者结合，才刚刚好。

新竹的梅竹之争

清华、交通、中山、暨南……两岸有很多同名的知名大学，这并非巧合，而是由于历史的原因花开两朵，但俱是同根同源、一脉相承。

这些同名的大学中，最为人津津乐道的就是两岸清华的渊源。台湾清华大学位于新竹县，于1956年成立，由曾担任北京清华大学校长的梅贻琦担任首任校长。

新竹清华大学建于新竹赤土崎，占地86亩。学校从原子科学研究所起步，而后慢慢扩展为理工科大学，进而扩大到人文科学领域。如今，学校设有7个学院、17个学系和18个独立研究所，是台湾数一数二的名牌大学。

我多次到访新竹清华，真是"一笔写不出两个清华"，两岸清华虽跨海分隔半世纪多，但不仅拥有同样的校训、校徽和校歌，连校园都很像。北京清华园内有八座以斋为名的宿舍楼，其中明斋、新斋、善斋、静斋、平斋建于1949年以前，取名源自《大学》中的"三纲八目"。新竹清华大学不仅保留了这五斋，还将之继续发扬光大，比如男生宿舍称为仁斋、义斋、信斋、诚斋等，女生宿舍称为文斋、慧斋、雅斋等，教师宿舍则命名为庄敬楼等。新竹清华大学行政大楼后面，也有一座拱门造型的"二校门"，除了规模比北京清华的二校门小一半外，颜色、造型与匾额题词几乎一模一样。

新竹清华大学的后山风景绝佳。著名的蝴蝶园、梅园就在这里。蝴蝶园里栽种着光蜡水菊、港口马兜铃等各种引蝶植物，复育了近百种蝴蝶。赏绚丽花朵，

● 斌华提示

tip 1

台大地处台北市公馆商圈，商圈内有很多体育用品商店，据说是全台湾买名牌运动鞋最划算的地方。

tip 2

2005年台大举办全校票选活动，选出『台大十二景』，分别为新总图书馆、傅钟、醉月湖、椰林大道与旧校区、傅钟、台大校门、傅园、溪头大学池、旧医学院大楼、生态池、舟山路、校总区农场、共同三松（共同大楼前三株形状优美的松树）。其中大多在台大公馆校本部，其他的在台北市区，有的远在南投。有兴趣者可以通过自己的双腿与双眼，评出自己心中的『台大十二景』。

看彩蝶蹁跹，已经成为到新竹清华的必游项目。

从蝴蝶园出来，穿过相思湖环湖步道就是梅园。同傅斯年相仿，梅园内安眠着清华老校长梅贻琦。梅贻琦是唯一先后担任过两岸清华大学校长的人。清华的师生、员工敬爱他，怀念他，将他留在校园内，种植了400多株梅树与其做伴。每年早春时节，园里一树树的雪白梅花怒放，煞是美丽。

梅园中的石碑上有于右任亲题"梅园"二字，梅贻琦墓的上方则是蒋介石的挽额题词"勋昭作育"。居高临下的梅园中，还有一个形似飞机的"梅亭"，又名"机亭"。校园里盛传，如果在梅亭内跳来跳去，每跳一次就会"当"一科。带我参观新竹清华的朱克聪是我的多年老友，就毕业于新竹清华。他说，这不过是为了警告学子要尊重梅校长，而衍生出来的杜撰之说。

克聪兄还曾带着我从清华大学的南门，走到相邻的另一所名校台湾交通大学的北门。他介绍说，这条连接两校的小路，清华人叫做"清交小径"，交大人则称之为"交清小径"。实际上，不管谁在前，谁在后，两所名校的联系相当紧密。两校学生可以互选对方学校教授开的课程，学生证也能在彼此的图书馆当借书证来使用，两校交好的学生情侣更是层出不穷。

和新竹清华一样，台湾交通大学的根也在大陆。交通大学的前身是创建于1896年的南洋公学，与北洋大学同为近代历史上中国人最早创办的大学。百年沧

路思义教堂是东海大学的标志性建筑

桑，几经分拆，当年的交通大学"花开五支"：上海交通大学、西安交通大学、北京交通大学、西南交通大学和新竹交通大学。

台湾交通大学于1958年在电子研究所基础上正式成立，并逐步扩建。交通大学的电子研究所，为台湾电子科技的发展立下了汗马功劳。台湾的第一台电视发射机，第一台电子计算机，第一个激光器、集成电路，都是由这个所研制成功的。

同处新竹的清大与交大，每年3月都会有一场特别的校际比赛——梅竹赛。"梅"代表清华大学，"竹"代表交通大学，分别纪念梅贻琦先生与交大前校长凌竹铭先生。这项赛事效仿英国牛津与剑桥大学，美国哈佛与麻省理工之间的赛艇比赛，自1969年正式举办至今，包括球类比赛、中英文演讲及辩论等项目，已成为两校的重要校际交流项目，也是台湾高教界的一项盛事。

值得一提的是，正是依托这两所实力雄厚的著名大学，台湾的第一个高科技园区选址在新竹。被誉为"台湾硅谷"的新竹科学工业园区，到2010年已经开发超过600公顷土地，集结了245家高科技公司，包括大名鼎鼎的"台积电""联电"等。到新竹，逛完清大、交大校园，也可以顺便参观新竹科学园区，不过大多只能远观，因为高科技企业是很注重技术保密的。

高雄市民在中山大学附近的西子湾畔观看落日（陈越摄）

高雄中山大学：台湾最浪漫的大学

1924年，伟大的革命先行者孙中山先生在广州亲手创办了一文一武两所学堂——广东大学和黄埔军校。1926年，为纪念中山先生，广东大学更名为中山大学。1980年，中山大学在高雄风景秀丽的西子湾畔"复校"。与两岸清华一样，两岸两所中山大学校名相同，校训都是中山先生亲笔所题的"博学、审问、慎思、明辨、笃行"，校庆日都是中山先生的诞辰，校歌也几乎都一样。

台湾中山大学依山傍海，风光旖旎。与台大的椰林大道相仿，中大校园内有一条红砖铺就的"落日大道"。大道将别致的校舍、林荫、草坪串联起来，成为一条景观大道。漫步这条道路，可以尽览中大校园的各种美丽景致，感受它浪漫迷人的气息。

中大校园内还有一栋二层楼的西式建筑，原为日本海军招待所，后来成为蒋介石的行馆。据说蒋介石的亲信向他进言，说西子湾行馆地形靠海，易藏匿狙击手，有安全隐患，蒋介石深以为是，改到高雄澄清湖的"澄清楼"居住。这座行馆就被弃用了，现在改成"西湾艺廊"，供民众参观。

在我看来，美丽的校园，多是凭借天然的环境，如大海、湖泊、高山。中大之美，也仰赖西子湾。西子湾位于高雄市的西侧，北濒万寿山，南临旗津半岛，

市井与人生

tip 3

从梅园出来沿着『枫林小径』，可以到新竹清华的人气咖啡屋『苏格猫底』小憩，这里每周二、四、六晚上还有免费的『夜猫子电影院』。如果想体验学校美食，苏格猫底的系列套餐就不错，想要更多选择，附近的清华小吃部里东西便宜又大碗。

tip 4

新竹清华大学光复校门对面的建工路，是著名的清大夜市商圈。上百家商店涵盖美食小吃、便利超商、诊所、电脑用品。新竹知名的米粉、贡丸等伴手礼，均可在此购得。

是一个洁白沙滩、碧蓝海水的浴场。"西湾夕照"是高雄八景之一。夕阳西下之时，海面上渔歌唱晚，晚霞与海鸟齐飞，碧水共长天都被照映得红彤彤，美不胜收，真是"夕阳无限好，哪管近黄昏"。

有这样的天作之美，中大不浪漫也难！

东海大学：台湾最美丽的大学

前面说到的几个大学都够美的吧，在台湾还有环境更为优美、位于台中大都山坡的东海大学，被誉为"台湾最美丽的校园"。

创办于1953年的东海大学，是一所由基督教会创办的私立综合性大学。学校在建设之初，就广邀摩尔、贝聿铭、陈其宽、张肇康等设计大师参与，因此校园布局别具一格，随处可见设计感超强的建筑。

其中，最为人熟知的是贝聿铭与陈其宽的杰作——路思义教堂。这座教堂设计之初自然是出于布教传道考虑，现在却成为东海大学和台中市的地标。我以为，东海大学之美，三分之一要拜路思义教堂之赐。

路思义教堂于1963年落成，建筑造型如同两片叠合的巨大风帆，外表铺上金黄色菱形面砖。有人说，它像一艘飞向苍穹的帆船，也有人说像一双祈祷的手。

tip 5

由中山大学左方的旅客服务中心即可进入西子湾海水浴场。这里拥有白沙滩和椰子树，极具南洋风情，不赶时间的话可以在这里戏水玩耍。「西湾夕照」也是拍婚纱照的取景胜地，如果正好有这个安排，可以在这里留下美好的回忆。

在我看来，它倒像个"360度无死角美女"。无论从正反面还是斜45°角欣赏，都能欣赏到不同的风姿。

我到东海参访那天，教堂没有对外开放。从透明的窗户向内望去，可以看见教堂内无柱、无梁，全靠四片曲墙支撑，天窗和边窗投射的光线，让整个教堂充盈着庄严圣洁的气氛。教堂的工作人员告诉我，这里是许多情侣梦寐以求的结婚殿堂。但要在这里举行仪式，需要男女双方至少一方是基督徒且至少一方为本校基督教会会友，本校教职员工及其直系亲属、学生校友。每小时的使用费大概是人民币2000多元，当然，这还不包括钢琴、冷气、水电、清洁等其他费用。

我没有到路思义教堂办婚礼的资格，但坐在教堂前的大草坪，慢慢欣赏教堂别致的外形，已经够让我心满意足的了。

东海大学这么美，自然是影视剧取景的热点，风靡两岸的偶像剧《恶作剧之吻》《绿光森林》都曾从这里取景。据我所知，东海大学的社会学系学术水准广受肯定，但在一个"娱乐至上"的年代，蔡康永、王心凌等人才是东海大学更有知名度的校友。

到了东海大学，不能不逛附近台湾"小资"们最爱逛的东海艺术街道。这是一条沿着小斜坡而建的约250米长的艺术街，汇集了许多陶艺、木雕、绘画、家具、服饰饰品的文创工作者，也有风格独具的咖啡坊和各地美食。简而言之，就

tip 6

东海艺术街和东海大学仅隔一条中港路，出大学正门后右转是国际街，往前走约400米即到。这里著名的店铺包括号称艺术街地标的古典玫瑰园餐厅、橘光呼噜猫主题餐厅、走廊左岸、酒侍，台中响当当的糖水店——春水堂在这里也开有分店。

tip 7

东海后校门附近的东园巷夜市包含平价服饰、流行商品、上百间各式小吃店，而莲心冰鸡爪冻、东海刈包大王、豆子冰品更别具风味。

是一个缩小版的北京798。

中国人常说的吉祥话是"福如东海"，而单就校园而言，我希望有更多的高校"美如东海"。

理想国艺术街的艺术气息与东海大学的美丽校园相得益彰

追随
妈祖的神迹

　　一些媒体喜欢搞评选，特别是"最具影响力100人"之类的梁山好汉排座次。在台湾，无论是政界的马英九、蔡英文、陈水扁，还是周杰伦、蔡依林这样的偶像明星，都曾经当选过。但如果让台湾老百姓投票，那么台湾最具影响力的人物只有一个，无人能望其项背，这就是林默。

　　林默是北宋时期福建莆田的一位官宦之女，因出生一个多月未闻哭声而得名"默"。她生前热心助人，为乡里驱邪救危，升天后相传仍不断在海上显现神迹，救苦救难。当地乡亲感其恩德，于湄洲岛上立庙奉祀，尊为"通贤灵女"。此后历代皇帝逐渐加封，至清代被康熙皇帝加封为"天后"。

　　在闽台地区，林默娘被尊称为"妈祖"。随着福建先民迁居台湾，发源于湄洲岛的妈祖信仰也在台湾岛生根、开花。现在，台湾2300万人中就有1600多万妈祖信众，占总人口的七成以上，全台各地共有2000多处妈祖宫庙。且让我带您走访其中几处著名的宫庙，了解妈祖在台湾无远弗届的影响力与台湾老百姓的"信仰人生"。

大甲镇澜宫：最盛大的三月"疯"妈祖

　　农历三月二十三，是妈祖的诞辰。所以，如果您正好农历三月到台湾，有时间的话一定要到台中市的大甲区，亲眼目睹与麦加朝圣、印度恒河洗礼并列世界三大宗教盛事的妈祖绕境进香盛况。

大甲「疯」妈祖时的街景

2011年的农历三月，我又一次来到大甲镇澜宫。大甲镇澜宫俗称大甲妈祖宫、大甲妈祖庙，位于台中市大甲区顺天路158号，迄今约有280年的历史。因为第二天大甲妈祖就要起驾绕境，所以一进大甲市区，到处可见旗幡招展，各地信众成群结队络绎不绝前来。

与其他妈祖庙大同小异，镇澜宫的正殿神龛内和神龛前方的供桌上，供奉着大大小小数十尊妈祖神像，两侧是长伴妈祖左右的"千里眼"与"顺风耳"。庙内香烟缭绕，信众虔诚叩拜，一波刚起，一波又来，虽然摩肩接踵，却井然有序。

走出大殿，沿台阶下到地下一层，是大甲镇澜宫自建的博物馆，在众多的展品中，最受瞩目的是一尊台湾最重的"金妈祖"。这尊神像于2005年用20多年来镇澜宫信众捐献的金牌熔于一炉，打造成像后重达7360台两（1台两为37.5克）。神像金光闪闪，法相庄严慈祥，纹饰精美细腻。

观赏完"金妈祖"，再回到宫前广场，见到几支从外地专程前来的拜谒队伍正击鼓放炮，热热闹闹地向妈祖报到。每年农历三月，大甲都会上演"三月疯妈祖"的台味嘉年华。绕境起驾前几天，大甲这个中部小镇就人山人海，去往镇澜宫的道路水泄不通，一些热心人士摆起了流水席，西瓜、米线、点心、水任人取用；镇澜宫前广场，各地的艺阁、阵头和神轿接连进行表演，在娱乐妈祖的同时，也不无一较高低的意思；妈祖宫内挤满了拿着进香旗帜、从各地赶来"拜拜"的虔诚信众。

每年大甲妈祖绕境进香的日子并不固定，都是在当年的元宵节由庙方在妈祖神像前掷筊，"请示"妈祖后，决定进香出发的日期与时辰。在整个九天八夜的绕境活动中，由来自各地的十余万信徒组成的进香队伍，浩浩荡荡徒步行至南部的嘉义新港奉天宫（1988年以前的进香终点为北港朝天宫），分别驻驾彰化南瑶宫、西螺福兴宫、新港奉天宫、西螺福兴宫、北斗奠安宫、彰化天后宫、清水朝兴宫，最后回驾大甲镇澜宫。行程跨越中部4个县市（台中、彰化、云林、嘉义）的21个乡镇市区，长途跋涉330多千米，对于信徒来说是诚心与体力的双重考验。

妈祖的銮驾一般在子夜时分起驾，"哨角队"三声吹奏之后，锣鼓喧天、鞭炮齐鸣，轰然3声"起马炮"后，正炉妈、副炉妈和从福建湄州岛请来的千年祭三

市井与人生

座妈祖神像在众人簇拥下，缓步移出宫外。由于队伍庞大，人们争相触摸神舆，短短一千米的出城路线往往要走上两三个小时。

特别有意思的是，由于传说三太子（哪吒）能带来好姻缘，为妈祖开路的电音三太子的扮演者沿途会被许多年轻的女性疯狂拥抱，艳福不浅。还有，在妈祖绕境行程中，总有许多信众趴在地上等候大轿从自己头上跨过。这种俗称"钻轿脚"的仪式，原是信众有事求妈祖解决，以身体当成妈祖上轿的踏板作为答谢，现演变为信众祈求平安、消灾解厄的一种行为。

由于在台驻点采访日程很紧，我虽然很想，但从未跟着妈祖走完绕境全程。曾经多次跟随妈祖绕境的大甲人庄太森说，绕境时完全可以"逢庄吃庄，逢镇吃镇"，沿路上每隔一段，都有当地信众热情地给全程跟随者塞各种好吃的。"不吃别人还不高兴，认为沾不到妈祖的福气！"因此，尽管9天连续步行很辛苦，但走一趟下来体重还可能增加几斤。

镇澜宫妈祖、奶油酥饼、蔺草帽席并称"大甲三宝"。到大甲除了拜谒妈祖，有空也可去参观当地的三宝文化馆。这个文化馆是信奉妈祖的裕珍馨饼店董事长陈裕贤自己创立的，位于镇澜宫附近的裕珍馨饼店三楼。访客可以参观妈祖文化展览，在酥饼的DIY车间一试身手，参观大甲蔺草产业制成的龙凤席、蔺草编娃娃等特色产品，更重要的是记得要品尝裕珍馨推出的"妈祖饼"、凤梨酥等各种点心。

台湾的老字号大多抱着理想主义的心态，将祖宗传下来的工艺发扬光大，与时俱进。裕珍馨的糕点一入口，从外皮到内馅，你就能马上体会到他们是多么用心地在精益求精。而业者对自己的行业与产品那种发自内心的自豪感，更能感染着你，让你体会到从大陆很多服务行业很难感受到的"干一行，爱一行"。

北港朝天宫：孝子钉传说传颂孝道

大甲妈祖进香在1988年以前，终点是位于云林北港的朝天宫。但在1988年，朝天宫使用"妈祖回娘家"等字眼，宣称"大甲妈是北港妈的分灵"，引起大甲镇澜宫抗议，最后干脆将"北港进香"活动改称"绕境进香"，终点也变成现在的新港

信众头举香烟，向妈祖诉求自己的心愿

tip 1
斌华提示

不论个人信仰如何，进入妈祖庙请尊重当地习俗，不可妄言喧哗，不得随意对着神像拍照。

奉天宫。

就像病人去看中医，总迷信年纪大一点最好须发皆白的，医术肯定比嘴上没毛的高得多。台湾的妈祖信众也大多认为，"级别"比较高的妈祖庙，妈祖的神力会比较大。因此，规模较大的妈祖庙都会自诩"开台妈"，标榜自己的香火是从湄洲祖庙直接过来的；而不同宫庙之间的"传承关系"和"级别"高低，常常会引发彼此之间的争执与不和。我2008年3月第一次到北港朝天宫时不明就里，还夸大甲镇澜宫妈祖绕境进香办得蛮有影响，陪同我的一位朝天宫庙董就不以为然。后来，我才知道朝天宫与镇澜宫有过争执，至今关系似乎还不好；新港奉天宫与北港朝天宫之间，关于谁才是"古笨港妈祖"正统的传承者的争论则比这更早。

北港街即笨港，因在笨港溪之北，故名北港。北港因有港口之利，"六时成市、贸易之盛，为云邑冠"。光绪二十年（1894年）十月的一场大火，让北港街肆废毁大半，此后时局动荡，北港的商港功能逐渐丧失，走向没落。幸好有历史悠久的朝天宫，每年吸引数百万游客，使其以宗教观光重镇的角色而维持繁华。

北港朝天宫俗称北港妈祖庙，位于云林县北港镇中山路178号，是台湾地区的二级古迹。笨港妈祖庙自公元1694年由湄洲祖庙奉妈祖渡台抵达笨港，开基立庙，从此香火日盛，声名远播。笨港天后宫曾遭遇大水冲毁、地震震毁等劫难，一分为三，包括北港朝天宫和新港奉天宫、六兴宫。

tip
2

香火鼎盛的妈祖庙往往附建有香客大楼，可以免费住宿。如果赶上妈祖绕境时节前去，大甲当地和沿途不少露天的流水席都是免费提供的。

妈祖庆典期间，台湾街头经常会有造型夸张的游行队伍

现在的北港朝天宫以笨港天后宫正统承继地位自居，建筑规模宏大，重脊飞檐，古色古香。正殿奉祀妈祖；中殿主祀观音菩萨，从祀十八罗汉；后殿中堂是圣父母殿，奉祀的是妈祖的父母和其兄姊。其他配殿奉祀三官大帝、文昌帝君、注生娘娘、土地公等。这样的建筑形式与奉祀群体，与台湾其他大型妈祖宫庙大同小异，是台湾民众多神崇拜的一个缩影。

北港朝天宫以"孝子钉"而闻名。相传清朝道光年间，福建泉州有一名男子和母亲一起从大陆来台湾找寻早前来台的父亲，母亲却在海上被大浪冲走。他上岸后到北港妈祖庙前请愿，如果能找到父母，就让铁钉钉入地上坚硬的花岗石中。言毕他拿起一块石头砸向铁钉，铁钉应声钉入观音殿前面的石阶中央。坚硬的花岗石中。这个消息传遍了北港，许多人纷纷帮助他，终于找到他父母的下落。这一传说相信者众。朝天宫的董事长蔡咏锝告诉我，蒋经国每次来到这里，都会在孝子钉的台阶驻足停留，甚至坐在钉旁追思父亲蒋介石。

如今，孝子钉的旧址只能看见痕迹。不过我在北港朝天宫却看到了更为有趣的景象。妈祖像前的许愿箱中，塞得满满的都是复印的考试志愿书。蔡咏锝说，很多学子在报考高中或大学志愿前，都会将志愿书复印投递其中，以期得到妈祖的庇佑。

"北港迓妈祖"是北港朝天宫的年度盛会。每年农历三月十九，北港家家户户都会置办丰盛的宴席，请远方来的亲友共同享用美食。在庙口的绕境队伍出发

tip 4

大型妈祖宫庙都会开发大量的文创产品，像Q版妈祖公仔、平安福袋、妈祖胸章、妈祖T恤等，作为纪念品很不错。妈祖饼则是既沾有喜气又好吃的糕点，可以带点给亲友分享。

tip 3

妈祖宫庙往往居于老城中心，附近知名老店和道地小吃林立。比如新港奉天宫有天观珍新港饴、金赞成花果酥、阿钦伯仔粉圆、鸭肉羹、光复牛肉店和以客家菜闻名的新港客厅，北港朝天宫有老受鸭肉饭、北港肉圆、福泉豆花、鸭肉羹面、阿丰油饭面线糊、小排饭、百年羊肉店的羊肉米糕等。

后，街头巷尾鞭炮声四起，沿路每家每户都会准备香案、水果和金炉恭迎妈祖圣驾。这是别处罕见的宗教盛事。

朝天宫附近的景点还有全台最古老的蔡复兴客栈、建于日治时代的十角水塔、瓮墙、振兴戏院、颜思齐开拓台湾登陆纪念碑、纸糊神像的七王爷馆、北港糖厂、五分车复兴铁桥、北港观光桥、三级古迹义民庙，都是值得一游的景点。

鹿港天后宫：游子的精神原乡

罗大佑在《鹿港小镇》里唱到的妈祖庙，大名叫"鹿港天后宫"，位于彰化县鹿港镇中山路430号，于雍正三年（1725年）由施世榜献地迁建，历经多次大型的重修、增建，形成今日宏大的规模。正殿内有数十尊妈祖神像，包括湄洲妈、镇殿妈、二殿妈、船头妈、进香妈等，还有一尊金妈祖。

2002年，天后宫用信众历年捐赠的三千多台两的金牌，雕塑纯金妈祖神像，并饰以钻石、翡翠、珍珠、红宝石等，而且还雕塑了两尊纯金的宫女随侍左右。而"湄洲妈"因香火鼎盛，香烟袅袅，圣像被熏成黑色，故又称"黑面妈"。

妈祖信仰起初只是将其奉为海神，至今在我闽南家乡，还是海滨的渔民拜妈祖较多，但传到台湾后，现在已从单纯的"海神"演变成"包山包海"的全方位守护神。

对于鹿港子民来说，妈祖就是成为他们的守护神，不管自己从事何种行业。例如宏碁电脑的创始人施振荣是鹿港人，施母到天后宫拜拜，祈求妈祖保护的范围显然已不仅限于出海平安了。而当《鹿港小镇》四处传唱后，鹿港、鹿港天后宫，更在某种意义上成为外出游子的精神原乡。

1987年打破两岸隔绝状态后，台湾许多妈祖庙蜂拥而至湄洲祖庙进香。在鹿港天后宫里，有一幅湄洲祖庙赠送的"福建省兴化府莆田县湄洲祖庙天后宫全景"壁画，壁画描绘湄洲岛的美丽风光，上悬一方匾额写有四个大字"吾家圣女"。在陈水扁大搞"去中国化"时期，看到这块匾额，我觉得真是"很给力"。

鹿耳门天后宫：黑脸妈祖佑成功

台南市土城圣母庙西侧，据说为郑成功大军踏上台湾的第一落脚点，建有郑成功纪念公园，鹿耳门天后宫就在附近。传说郑成功在攻台前，曾经焚香祈求妈祖平风息浪相助，1661年4月30日子夜，船到鹿耳门线外，果然潮水加涨丈余高，使兵船畅通无阻，一举攻下赤崁城。战后评功时，郑成功钦定：妈祖平息风浪厥功甚伟，令荷兰教堂改为"天妃宫"供奉妈祖神像，以志护海女神功绩。

tip 6

在所有进香队伍中，通报妈将驾临的『报马仔』是最滑稽最具特色的人物。其打扮深具典故。

例如，头戴斗笠以防晒，肩搭雨伞以防雨，身穿羊毛袄以御寒，戴老花眼镜要让他看得清楚，带茶壶、留燕尾胡、吸旱烟管、喝葫芦酒，表示他洒脱自在；携猪脚、带韭菜意指他不受饥饿，脚贴五彩圆纸因脚生疮，代表人生难免不全；穿一只草鞋，卷起一只裤管，表示他辛苦度日也不在乎。提前做功课，看妈祖庙和妈祖信俗会更有收获。

天后宫里看管香火的人告诉我们，庙中正殿供奉的一座"黑脸妈祖"塑像，就是郑成功登台时随船而来。天后宫气势磅礴，斗拱彩绘、飞檐翘角极尽精彩绝伦之能事，整座建筑楼群一路逶迤延伸至鹿耳门溪出海口。

鹿耳门天后宫还是求姻缘的好去处。由于庙中还供奉着月下老人，据传相当灵验，吸引了全台湾乃至海外的剩男剩女朝拜。月老宫外面的墙上贴满了求姻缘者的结婚照片，就是月老"法力"高强的证据。庙祝告诉我，求姻缘的顺序是，先填姻缘单向月老上香，祷告念求姻缘，三掷得到圣筊后，就可以吃下供桌前两颗糖果，向月老拿红线。

说到这里，不妨也介绍一下台湾人常说的"黑面妈""粉面妈"。妈祖面容慈悲，但面像颜色不同，有粉面、金面及黑面妈祖，代表意义也各不同。相传，粉面妈象征妈祖成仙前的凡人样；金面妈象征妈祖得道前的样子；黑面妈象征妈祖奋勇救苦救难、悲怜世人的精神。在台湾，中北部信奉妈祖多为粉面，南部以信奉黑面妈祖为多。

带着崇敬的心情，游完上述台湾中南部的主要妈祖宫庙，相信您会明白我为什么要将有关妈祖景物的文字放在这一章，而不是"历史的印记"那一章，因为在我看来，妈祖信仰在台湾不是历史，不是过往，而是生活、是当下。

　　　　　　　　　　　　　　　　　市井与人生

妈祖活动的表演者

附　录

一、台湾主要旅游服务网站

台湾观光局网站　http://taiwan.net.tw/w1.aspx

台湾旅行商业同业公会全联会　http://www.travelroc.org.tw/news/index.jsp

二、《大陆居民赴台湾地区旅游管理办法》

http://www.gwytb.gov.cn/wyly/201106/t20110622_1897722.htm

三、台湾《大陆地区人民来台从事观光活动许可办法》

http://www.mac.gov.tw/ct.asp?xItem=87489&ctNode=5666&mp=1

四、台湾合格接待大陆游客的接待社名单

http://www.cnta.gov.cn/html/2008-9/2008-9-11-10-48-82811.html

台湾各县市旅游服务中心地址、电话　http://taiwan.net.tw/m1.aspx?sNo=0001168

台湾各县市游客服务中心地址、电话　http://taiwan.net.tw/m1.aspx?sNo=0016715

五、台湾地区关于入出境及登机管制物品的规定

http://www.taoyuan-airport.com/chinese/Publish.jsp?cnid=1004

六、台湾地区主要服务电话

火警、救护车、消防　119

报警　110

市内查号台　104

英语查号台　106

长途查号台　105

交通路况报导　168

台湾观光局旅游咨询热线　(886-2)2717-3737（早8时至晚7时）

24小时免付费旅游咨询热线：0800-011765

台湾观光局桃园机场旅客服务中心

第一航厦　(886-3)398-2194；第二航厦　(886-3)398-3341

台湾观光局高雄机场旅客服务中心　(886-7)805-7888

台湾旅行商业同业公会全联会　(886-2)27790008

台湾观光协会　(886-2)2594-3261

致　谢

感谢新华社、国台办所有关爱、指导、帮助我的领导、同事、好朋友。

感谢参与这本书"创作"的两岸许多朋友，胡声安、俞雨霖、戴兆群、邓岱贤、方旭、蔡金树、陈照明、柯希霆、陈越等陪我走过很多景点；李寒芳、陈键兴、龚兵、颜昊、查文晔、吴景腾、陈越、苏嘉宏、胡声安、朱克聪及台湾清境农场，为本书无偿提供了一些急需的资料和图片，可以说是"作者"之一。

感谢几位不便具名的朋友，他们为我最后阶段"闭关"冲刺写书提供了良好的食宿接待；感谢白岩松、杨锦麟、张泉灵、陈彤等好友、校友，屈尊为拙著推荐，增光添彩，还要特别感谢亲民党宋楚瑜主席对本书与我本人的殷殷关爱。

感谢《中国国家地理》图书部同仁，尤其是辛勤参与本书策划编辑的李志华编审、常一武老师和董佳佳、樊广灏编辑。

最好的时光在路上
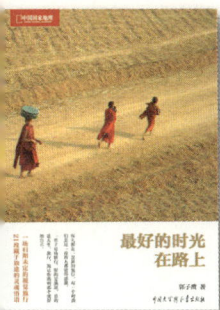

我们始终牵手旅行

带你出发，陪我回家

推荐之旅：台湾

你的脚步走在你的心上

神的孩子都旅行

午夜降临前抵达

有鹿来

那时·西藏

我有一个岛

发现最世界

全球最美的自然景观

投稿邮箱：cngbook@cng.com.cn